Hem nedat a l'estany amb lluna plena

RAIMON ESPLUGAFREDA

COLUMNA JOVE

Quarantena edició
Setzena edició a Columna: febrer de 1995
Disseny gràfic: Ricard Badia

Carrer de Viladomat, 135 - 08015 Barcelona
ISBN: 84-7809-121-1
Dipòsit legal: B. 3.920-1995
Imprès a Hurope, S.A.
Carrer Recared, 4 - 08005 Barcelona
Fotocomposició: FOINSA
Gran Via de les Corts Catalanes, 569 - 08011 Barcelona

...mi ritrovai per una selva oscura
ché la diritta via era smarrita.
Ah, quanto a dir qual era é cosa dura
esta selva selvaggia e aspra e forte
che nel pensier rinova la paura!

(Dante, any 1300)

...me retrobé per una selva escura,
que la dreta via era fallida.
Hay!, quant a dir qual era és cosa dura
esta selva salvatge, aspra e fort,
que.l pensament nova por me procura!

(Traducció catalana
d'Andreu Febrer, any 1429)

...em vaig trobar dins una selva obscura
perquè de la drecera havia fet marrada.
Ah, com de dir com era és cosa dura
aquesta selva salvatge i aspra i forta
que, en pensar-hi, se'm renova la paüra!

(Traducció de
Raimon Esplugafreda, any 1980)

1

ELS LLAMPS DE LA PICA D'ESTATS

Sóc català, pallarès d'adopció, em dic Raimon i tinc dinou anys. Sempre m'han empipat aquells autors que comencen els seus relats (generalment una mentida de dalt a baix) per la teulada, i fins que no arribes al tercer capítol no t'assabentes del que l'autor ha amagat curosament, és a dir, que el Pere del primer capítol és en realitat, i precisament, l'oncle del Pau que apareix en el segon. No, res de res de tot això.

Avui, en decidir-me a relatar per escrit la verídica història d'aquest darrer estiu, vull jugar net i dir ben clar d'entrada qui sóc i com sóc. M'agrada la muntanya (i evidentment moltes altres coses que en aquest relat no vénen a tomb). M'agrada pujar als cims i als tossals (però no en vull saber res, d'escalades perilloses). M'agrada esquiar, pescar, caçar, navegar en bot inflable pels estanys, banyar-me en l'aigua gelada dels torrents escumejants quan el sol escalfa de valent, collir maduixes a l'estiu i bolets ara a la tranquil·la tardor, caminar de nit pel bosc a la claror de la lluna, contemplar el temporal des del refugi, sentir xiular el vent adés fred adés calent de la carena, trobar dalt dels cims o en els refugis una nova amiga i endinsar-me amb ella pel prat, al capvespre, vers el torrent que trenca amb la seva obstinada música el silenci... (molt burgès, diràs, amic lector, com si jo no conegués el revoltant gust de la humiliació, i el fred, implacable, xantatge dels poderosos).

Aquest any n'he trobat una, d'amiga. És occitana, es diu Miquèla i té disset anys. I no vull enganyar-vos: em sembla que n'estic ben enamorat. La vaig conèixer un cap de setmana de juliol al refugi de Vallferrera. Jo i el meu amic Salvador, de Sort, hi havíem pujat la nit de dissabte, amb la intenció de sortir l'endemà de bon matí a fer la Pica d'Estats.

Recordo que aquell dia, en despertar-me, no sabia ben bé on em trobava, si a la caravana, a la casa de Puigcerver o al pis de Barcelona. L'olor (o potser més aviat pudor) de xiruques que emplenava l'estança, de sutge de la llar de foc i de brutícia en general, em féu adonar d'on era.

Vaig obrir els ulls. La llum que entrava per les escletxes era esplendorosa, feia endevinar un dia radiant d'estiu. «Bon temps per pujar a la Pica!», vaig pensar.

A la meva esquerra, el Salvador dormia encara profundament amb els braços fora del sac. El lloc de la meva dreta, que quan vaig gitar-me era buit, ara era ocupat per una noia que dormia plàcidament. Vaig contemplar-la en la penombra. Era prima, bruna, de pell tibant i lluent, bonica. Em vaig sentir secretament orgullós que ella hagués escollit el lloc del meu costat.

Vaig llevar-me sense fer fressa i, agafant la tovallola i el sabó, vaig sortir i em vaig dirigir al torrent d'Areste, que hi ha unes passes més avall. Vaig despullar-me i em vaig quedar en banyador. S'havia de guardar un cert decòrum, perquè dintre de molt poc es despertarien els altres estadants del refugi i vindrien tots al «quarto de bany».

Després de rentar-me en l'aigua gelada del torrent, m'envaí una sensació de benestar. L'aire era fresc, però el sol, acabat de sortir, quasi cremava ja la meva pell bruna del treball a la intempèrie (no t'he dit encara, lector amic, que m'estic fent, jo mateix, una casa a Sort. No te'n riguis per sota el nas, és veritat!). Badava contemplant abstret el pla de Boet, encara ombrívol, bo i palpant orgullós les petites punxes negres que havien sortit durant la nit a la meva barba, quan, entre el brogit de l'aigua, vaig destriar el soroll d'uns passos, mentre em queia al damunt una ruixada d'aigua fresca i sentia dir, en francès:

—Bon dia, paleta solitari!

Em vaig girar sorprès. La meva desconeguda veïna de la nit, en banyador i amb els peus dins l'aigua, em mirava riallera. Abans que jo digués res, continuà:

—¿No ets aquell noi que està construint una casa prop de Sort, a la vora del riu?

—Sí. Com ho saps? —vaig contestar-li, també en francès.

—Et veig cada dia com treballes. Estem acampats una mica més avall.

—A la font de la Verneda?

—No sé com es diu, però sí que hi ha una font.

I avançant dins del torrent, cap al pont de troncs, com si volgués dutxar-se amb els blancs esquitxos de l'aigua rabent, va continuar, cridant, a causa del soroll de l'aigua:

—El meu germà i els nostres amics són piragüistes.

—I veig que també muntanyencs —vaig dir, també quasi cridant.

—No gaire. La muntanyenca sóc jo. El meu germà i el Georges han vingut perquè els he demanat que m'acompanyessin a la Pica d'Estats.

—Podies haver-m'ho demanat a mi...!

—Si hagués sabut que eres muntanyenc, per què no? Però em pensava que només t'agradava posar totxos i fer el mico.

—Què vols dir, amb això de «fer el mico»?

—Tot sovint et veig enfilat dalt dels arbres. L'altre dia t'estava mirant dalt d'un arbre de l'altra banda del riu i un instant després ja eres en aquesta banda, posant totxos. Com t'ho vas fer?

—Venia de fer la migdiada a la borda de les Moreres. Després vaig travessar el riu amb el funicular.

Es girà sorpresa. Tenia tot el cos ensabonat.

—La borda de les Moreres? El funicular? ¿Què és tot això?

—El funicular són dues cordes que tinc instal·lades entre un arbre d'aquesta banda i un de l'altra, que em serveixen per a travessar el riu.

—Que divertit!

La resposta em va agradar. Moltes noies que coneixia haurien dit: «Quina por!». Decididament era una noia simpàtica, a més de maca. És clar que encara faltava veure si em prendria per ximple quan li digués que m'estava construint una casa jo mateix.

—Quan vulguis t'hi deixaré viatjar, amb el funicular. I t'ensenyaré la borda de les Moreres i la casa que m'estic construint.

—Com és que no tens manobre?

—Ni paleta. Jo no en sóc.

—Doncs, què ets?

—Sóc estudiant d'arquitectura, a la Universitat Politècnica de Barcelona. Em faig la casa durant les vacances.

—Ha de ser apassionant, fer-se un mateix la casa, de la manera que vol i al lloc que estima! —em va dir seriosa mentre sortia de l'aigua i s'estirava damunt la gespa, per a eixugar-se al sol—. Com et dius?

—Raimon. I tu?

—Michelle. Puges a la Pica, avui?

—Sí. I vosaltres?

—També.

Érem una bona colla, esbufegant pel caminoi que s'enfila fent esses pel coster de sobre el refugi: la Michelle, el seu germà Bernard, el seu amic, el Georges, el Salvador i tres nois que el Salvador anomenava la «colla dels cigrons», perquè la nit abans s'havien passat unes quantes hores al voltant de l'olla on pretenien coure cigrons sense aconseguir-ho, fins que una ànima caritativa els informà que s'havien d'haver posat en remull el dia abans.

El grup s'allargassà lentament. Els de la colla dels cigrons anaven al davant. Amb els piolets a les mans caminaven lleugers com si s'ho haguessin de menjar tot. El Salvador, la Michelle i jo tancàvem la marxa. Sempre m'ha agradat començar amb un pas lent però regular. D'aquesta manera, un cop agafat el ritme, puc caminar tot el dia sense sentir pràcticament la fatiga. Ara, però, prou que la sentia, malgrat portar la motxilla quasi buida, ja que els dels cigrons imposaven un ritme excessiu. Anàvem callats, tossuts cap amunt. Quan el camí deixa el vessant del torrent d'Areste per girar cap al de Sotllo, vam reposar un instant a peu dret. El cel de juliol era d'un blau puríssim, en el qual es retallava triangular i majestuós el rei Monteixo. Feia calor. Llunyà, en el fons del barranc, bramulava el torrent de Sotllo. A ponent, es veia un petit nuvolet.

—Millor que no hi fos —va dir el Salvador, que anava carregat amb una considerable motxilla que s'adeia molt bé amb les dimensions de la seva persona. El Salvador és un pes pesant: aixeca un pam més que jo i és una mula pujant als cims. Només les ulleres l'humanitzen i quan el coneixes veus que és un tros de pa.

—No siguis malastruc —li vaig contestar—, encara ens queden cinc hores de pujada.

—¿Sabeu —va dir la Michelle— que us entenc molt bé quan parleu en català?

—Noia, això s'avisa! —va dir el Salvador—. Fa estona que tens al Raimon fent el saberut parlant en francès, i ara resulta que entens el català! No ets pas del Rosselló?

—No. Sóc de Carcassona.

—Així, ets occitana. El saps parlar, l'occità? —continuà el Salvador.

—Sí, per això us entenc. És molt semblant al català!

—Els teus pares et parlen en occità?

—No, el vaig aprendre parlant amb els avis i amb els camperols del poble on passo l'estiu —va contestar la Michelle en occità.

El Salvador es mossegà la llengua, i callà el que pensava dels pares de la Michelle.

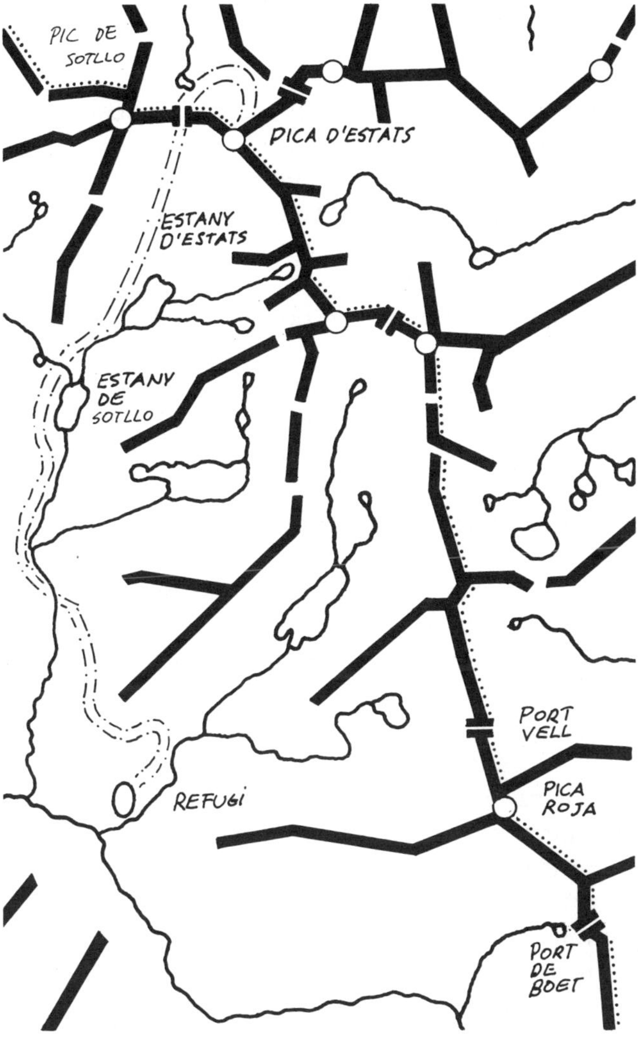
PIC DE SOTLLO
PICA D'ESTATS
ESTANY D'ESTATS
ESTANY DE SOTLLO
PORT VELL
PICA ROJA
REFUGI
PORT DE BOET

—A propòsit —vaig dir-li—, ¿com es diu en occità Michelle?

—Miquèla.

—Doncs d'ara endavant, per a nosaltres seràs Miquèla —vaig dir—. T'agrada, el nom?

—Ben mirat, no és lleig, encara que em ve de nou, no em sembla que sigui jo. Però, d'altra banda, em sembla nom de persona gran, em sento més adulta, més dona, dient-me Miquèla.

—I ara, a parlar sempre en occità —va engegar pel broc gros el Salvador, que com a bon catalanista, quan es tractava de cultures minoritàries amenaçades de desaparició, era cantellut, una mica agressiu.

—Ja l'entendràs? —vaig dir jo per suavitzar la tibantor.

—Més que quan parla francès —continuà el Salvador, seriós.

Des d'aleshores vam fer servir el sistema de parlar cadascú en la seva llengua, nosaltres en català i ella en occità. Jo gairebé entenia sempre la Miche..., Miquèla. Els meus coneixements de català antic, llatí, italià i francès (el seu occità contenia força barbarismes, em sembla) me'n facilitaven molt la comprensió. En canvi, no els resultava tan fàcil a ella ni al Salvador. Sovint havia de traduir paraules que no entenien.

En arribar a l'estany de Sotllo vam trobar els qui s'havien avançat asseguts a terra i el Georges i el Bernard discutint sobre el camí a seguir, amb el mapa als dits. La veu del Georges, que sortia d'entremig de la seva rossa i abundant barba, era potent, com si habitualment la impostés, i acompanyava amb gestos enèrgics la seva argumentació. En canvi, el Bernard, de cabells negres i somriure tímid, mostrava en el rostre la seva incredulitat envers els arguments del Georges, però malgrat això, semblava disposat a transigir. Aleshores, com que jo havia estat moltes vegades a la Pica amb el meu pare i recordava el camí, vaig dir que el Bernard tenia la raó i vaig aconseguir que el grup ens seguís, excepte el Georges, que no va voler donar el braç a tòrcer i va marxar pel seu cantó.

—T'esperem al pròxim estany —li vaig cridar quan ja se n'anava. Per tota resposta em llançà una mirada sinistra, amb cara de pomes agres.

El Bernard encara dubtava de si seguir-lo. Al final, però, començà a caminar un tros darrera nostre.

—El Georges té ben dominat el meu germà —explicà la Miquèla—. Des d'anar amb piragua, fins a conduir o plantar la tenda, tot ho fa millor el Georges. Veiéssiu els crits que li fa quan s'entrenen amb les piragües al riu! No sé com el Bernard suporta aquesta mena d'amic!

En arribar a l'estany d'Estats, el Georges, naturalment, encara no hi era. Vam decidir fer una queixalada mentre l'esperàvem, asseguts de cara al petit estany de superfície arrissada pel vent. El paisatge és totalment mineral, ocre. L'airet s'havia tornat fresc. Cada vegada que un núvol tapava el sol, teníem fred de debò. Sobre els cims del nostre voltant s'havia format un ennuvolament considerable, principalment sobre la Pica d'Estats i el pic de Sotllo, ja ben visibles des d'on érem.

Ben bé mitja hora després d'haver-nos aturat, vam veure emergir el cap i després el cos del Georges, que arribava esbufegant, malgrat anar sense motxilla. El seu tiberi devia anar, naturalment, dins la del seu esclau...

Des de l'estany d'Estats, a 2.471 metres d'altitud, fins al coll de Sotllo, a 2.894, hi ha una forta pujada sobre tartera i un tros sobre neu, enguany més gran del que és habitual cap a la fi de juliol. Quan vam ser dalt, el cel era totalment cobert i anava agafant una foscor inquietant. Vaig fer una foto de la Miquèla, que arrupia el cap dins la caputxa de l'anorac per resguardar-se del vent, que semblava voler endur-se-la cap al vessant occità del port. També vaig fotografiar, després, un Salvador seriós, corpulent, d'una edat aparentment superior als seus vint-i-tres anys.

Eren les dues de la tarda. Ens faltaven només 249 metres de desnivell per atènyer els 3.143 del cim, que vèiem allà mateix, al nostre abast, però que per moments anava agafant un aspecte negre, tètric, a mesura que el cel s'anava enfosquint. No podíem aventurar-nos a continuar amb el temporal que s'estava preparant. Tothom va estar-hi d'acord, àdhuc el Georges.

Amb una última mirada de recança a la negra Pica, vam llançar-nos per la neu i la tartera i en pocs moments vam ser a l'estany d'Estats. Un primer tro, allargassat, ressonà per la vall deserta, seguit d'un silenci i una quietud inesperada de l'aire. El nostre grup es va començar a allargar, com al matí. Els «dels cigrons» caminaven tan de pressa que semblava que d'un moment a l'altre es posarien a córrer. Tots anàvem cames ajudeume en silenci, amb una mirada de tant en tant al cel amenaçador. La llum havia anat disminuint i semblava que fóssim a les darreres hores del capvespre. En sentir el segon tro, em vaig adonar que la Miquèla s'estava endarrerint. Sense dir res al Salvador, que em portava força avantatge, vaig esperar-la. Estava força cansada i coixejava una mica.

—Em fa mal el peu esquerre —va dir-me—. Se'm deu haver encetat.

Però no era qüestió d'entretenir-se. Li vaig prendre la motxilla i li vaig dir:

—Caminem a poc a poc. No serveix de res córrer. Encara ens falten almenys dues hores per arribar al refugi.

Passàvem per una coma molt descoberta i perillosa pels llamps, quan el castell de focs artificials s'engegà de veritat, els llamps i llampecs espetegaven a tort i a dret i començaren a caure unes gotasses que després es convertiren en una breu calamarsa i en un xàfec que ens deixà xops en pocs moments.

Els «cigronaires» arrencaren a córrer tan de pressa que les xiruques els tocaven al cul. En pocs minuts vam perdre tothom de vista. El Salvador va ser el darrer que va desaparèixer darrera un revolt que feia el camí, uns doscents metres davant nostre.

Si no hagués estat per la Miquèla, de qui em sentia orgullosament protector en aquells instants, jo també hauria arrencat a córrer. Però pensant que el meu deure era allà, i que no pas corrent podia evitar el risc que em caigués un llamp al damunt, vaig posar fre als músculs de les cames, que ja se'm disparaven, i vaig agafar la Miquèla pel braç tot dient-li:

—Repenja't una mica i camina tranquil·la. D'aquí a poc arribarem a l'estany de Sotllo i allà hi ha una balma prou gran on ens podrem aixoplugar.

La pluja era tan espessa que gairebé no es veia el camí. L'espetec dels llamps era ininterromput. Després d'una estona, que ens semblà llarguíssima, vam arribar a la balma quan la pluja ja havia afluixat una mica.

La Miquèla es va treure l'anorac, es va deixar caure de cul a terra i va començar a descordar-se el calçat, mentre jo buscava la manera de fer foc per escalfar-nos i eixugar la roba. En un extrem de la balma vaig veure restes d'un foc a terra i, al costat, uns quants troncs secs però massa gruixuts per encendre'ls. Per sort, hi havia també unes quantes pinyes i alguns branquillons.

Vaig preparar el foc posant a sota les pinyes i els branquillons i a sobre els troncs més secs i més prims, i el vaig encendre gràcies als mistos que portava la Miquèla (jo no fumo). Havia parat totalment de ploure, però el cel s'enfosquia novament i l'aire adquiria altra vegada aquella tensa immobilitat de quan es prepara la tempesta.

La llenya era seca i en pocs minuts el foc féu una escalforeta molt agradable. L'olor de fusta cremada es barrejava amb la sentor de terra mullada que pujava del tros que s'estenia entre la nostra balma i el llac.

Ens vam acostar al foc i la Miquèla va anar traient-se la roba i la va anar estenent a la vora del foc, fins que aparegué el seu bikini marró, que, malgrat el seu to cafè, no es destacava pas gaire de la morenor del seu cos. Malauradament la mullena no li havia arribat al banyador i no tenia necessitat de treure-se'l. Mentre la contemplava, fascinat, em preguntava si se l'hauria tret davant meu, perquè no semblava pas gens incòmoda en veure com els meus ulls resseguien la bellesa esvelta de la seva figura...

—Despulla't, badoc! —em digué riallera—. No és bo aguantar la mullena al damunt.

Aleshores es girà la truita. Si m'hagués despullat abans, m'hauria estalviat el minuciós examen a què em sotmeteren els seus ulls negres de mirada franca i amiga. Per la manera com han anat després les coses, he de suposar que devia superar satisfactòriament la prova, malgrat que era ben visible que no havia fet bronze a la platja, sinó a la construcció.

De sobte, una ratlla de foc partí l'aire i un gran tro ens eixordà. No sé com va ser, ens vam trobar llançats per terra. Havia caigut un llamp sobre un pi aïllat que hi havia a uns vint metres davant nostre. El pi quedà ennegrit i fumejant, però no s'encengué, segurament a causa de la mullena.

La Miquèla, espantada com jo, reaccionà uns segons després i mentre els seus ulls recobraven lentament la confiança, els seus braços em van enllaçar. Una esgarrifança recorregué el meu cos en contacte amb la seva pell, tibant, bruna. La seva boca, dolça, buscà la meva i ens vam besar llargament.

—Quina por he passat, Raimon —digué en separar els seus llavis dels meus.

—Aquí no hi ha perill. Aquesta balma és molt fonda.

—El llamp podia haver-nos caigut quan érem a la carena.

—Sens dubte. Però has estat molt valenta i molt serena. Així és com cal comportar-se davant el perill.

Aleshores la vaig besar jo i els seus ulls negres parlaven expressant la seva íntima satisfacció.

—Doncs jo no m'hi tinc, per valenta —va dir-me quan va poder parlar—. Estic convençuda que si no hagués tingut mal al peu, hauria corregut més que els altres. Tu sí que has estat gentil i valent en ajudar-me.

—No t'ho pensis. He tingut més por que tu. Els llamps m'esfereeixen. A la casa que em faig a Sort penso posar-hi el parallamps més gros que trobi.

Vaig ajudar la Miquèla a alçar-se i vam seure altra volta a la vora del foc, però no vaig deixar anar la seva mà palpitant, electritzant.

—Parles com si no haguessis de consultar res als teus pares.

—Malauradament, no ho he de fer. La mare va morir quan era molt petit, i el pare l'hivern passat. És clar que teòricament tinc un tutor, el meu oncle, però només sobre el paper.

—Em sap greu d'haver-te fet recordar.

Recordar era trist, sí, però ja no em produïa dolor, la cicatriu ja s'havia tancat. En canvi, el que no m'agradava era parlar de mi mateix. Hauria volgut canviar de tema.

—No té importància —li vaig dir. I se'm va escapar—: Però és veritat que la mort del pare ha estat un cop molt dur.

—El devies estimar molt...

—Era el meu millor amic. Vivíem sols des que la meva germana es va casar. Havíem corregut tot el Pirineu plegats. Ell és qui m'havia ensenyat l'existència d'aquesta balma i ens hi havíem aixoplugat ara fa dos anys.

El braç de la Miquèla rodejà la meva cintura i vam callar, vaig callar, perquè, malgrat tot, no era pas tan desafortunat. Tenia força ben resolta la qüestió econòmica, tenia ben encarrilada una carrera universitària, podia passar l'estiu al Pirineu, m'estava fent una casa al meu gust al lloc on havíem decidit de mutu acord amb el pare i, per si això fos poc, em trobava lluny de la civilització amb la millor companyia...

A fora, la pluja s'havia tornat persistent i calmosa, com ara primaveral, i el vent era fred.

—T'estàs morint de fred! —li vaig dir—. Et donaré un jersei sec que porto a la motxilla.

Li anava força gran, i en tapar-li el bikini semblava com si només portés a sobre el jersei. Estava molt atractiva.

—Tenia una mica de fred a l'esquena —va reconèixer—. Mira!

Davant nostre, en el camí que passava per la vora del llac acabava d'aparèixer una persona que caminava ben enfundada en el seu anorac, amb la caputxa posada.

—Per l'anorac i per l'embalum que fa, diria que és el Salvador —vaig dir—. Provaré de cridar-lo. Salvadooooor!

El personatge va girar-se, va quedar un moment immòbil i després va saludar-nos amb el braç i es va acostar. Era el Salvador.

—Que volies tornar a pujar a la Pica d'Estats? —li va dir somrient la Miquèla quan va ser al nostre costat.

—En arribar al pletiu de Sotllo m'he adonat que no em seguíeu. Us he esperat una mica i, en veure que no veníeu, he pensat que potser us havia passat alguna cosa.

—Doncs de poc que no passes de llarg —li vaig dir jo.

—I la colla? —va preguntar la Miquèla.

—De la manera que corrien ja deu fer estona que són al refugi, si és que no n'han passat de llarg. Heu trobat un bon aixopluc, murris!

—Per què no berenem una mica mentre el Salvador

s'eixuga la roba i esperem que pari la pluja? —va dir la Miquèla—. No sé si recordeu que encara no hem dinat.

—Bona idea. Jo feia estona que ho estava pensant —va dir el Salvador, que era molt de vida.

Vam torrar el pa dels entrepans al caliu de les brases. Era una mica dur, sense oli, però la gana era molt intensa ara que ens havíem relaxat de la tensió i de l'esforç de les darreres hores.

Una estona després, com que ja havia parat de ploure, empreníem el camí del refugi. La Miquèla encara coixejava una mica.

—Et fa molt de mal?

—Una mica. No tens pas una cama de recanvi? M'aniria molt bé.

Així fou com vaig conèixer la Miquèla. Durant les setmanes següents vam viure plegats una aventura que us semblarà increïble, però que és real. Però això, no ens precipitem, és matèria dels capítols següents; ara encara em falta contar com en arribar al refugi ens vam trobar que no hi havia ningú de la colla. No van començar a arribar fins quan ja fosquejava, i el Georges i el Bernard, quan ja era completament de nit. Tots s'havien perdut de tant que corrien.

Aquell vespre vam anar a dormir aviat. Havíem de tornar a matinar, perquè l'endemà volíem arribar tots d'hora a Sort. Jo hauria marxat aquella nit, però em vaig quedar en saber que la Miquèla es quedava, malgrat que el Salvador volia anar-se'n, per complaure la seva promesa, la qual havia abandonat aquell diumenge per pujar a la Pica. Poca estona després d'haver-nos ficat al sac, planava un silenci total, només trencat pel soroll del torrent veí. Molts quedaren adormits a l'instant, vençuts pel cansament. Jo i la Miquèla, però, no dormíem. Ella va agafar-me la mà, l'estrenyé i m'atragué contra seu. Vam besar-nos dins la fosca, en silenci.

2

TOTS ELS CAMINS DUEN A ANDORRA

Tot va començar amb aquestes paraules de la Miquèla:

—El meu germà i el Georges han marxat aquesta nit cap a França.

Jo estava enfilat a la bastida, acabant la paret de l'angle de la casa (que té forma de semiclaustre, és a dir, dues ales que fan angle recte), i en aquell moment no hi vaig donar gaire importància, fins i tot vaig fer el gest d'anar a posar un altre totxo.

—El que m'estranya —continuà ella— és que no me n'havia dit absolutament res. La primera notícia l'he tinguda per una nota que m'ha deixat dins la seva tenda.

Realment era una manera de procedir força inexplicable. Però no se'n podia fer gaire cabal, perquè la meva encara curta experiència m'havia ja ensenyat que conductes aparentment absurdes tenien la seva perfecta lògica i eren fins i tot les òptimes si es tenien en compte totes les circumstàncies del cas, moltes de les quals eren totalment desconegudes per qui titllava la conducta d'irracional.

—I no et diu la nota per què hi ha anat i quan tornarà?

—Només em diu que se'n va a casa, a Carcassona, i que tornarà demà passat.

—I la nota, quina data porta, d'ahir o d'avui?

—D'ahir.

Érem a dimarts; així, doncs, tornarien l'endemà, dimecres. En el fons del fons, no em desagradava la notícia, malgrat l'evident disgust i la contrarietat que manifestava la Miquèla. Així la tindria per a mi més estona.

La seva mateixa presència en aquella hora —les dotze del matí segons el nou horari, però, malgrat tot, migdia i hora de dinar per als seus costums— n'era ja una mostra. El dia abans no havia pas vingut fins a les dues, quan ja feia estona que ella havia dinat i jo em disposava a fer-ho. (A propòsit, amic lector, que no t'he dit res del dilluns i ho he fet volgudament, perquè queda tot explicat si dic que va ser un dia feliç amb la Miquèla, ben acabat amb una vetllada fins molt tard a la meva borda de l'altra banda del riu, a la llum de les espelmes i de la llar de foc i amb un passeig nocturn sota els pollancres fins a la seva tenda.)

—Escolta —vaig dir—, ahir vespre, quan te'n vas anar a dormir, el cotxe del teu germà, encara hi era?

—Sí, i això és una de les coses que més m'intriguen. ¿Per què havien de marxar tan d'amagat, a les hores més centrals de la nit? Perquè gairebé pot assegurar-se que no han marxat cap a la matinada, ja que aleshores el son és més fluix i algú de la colla hauria sentit arrencar el cotxe.

—Si no és que l'hagin empès un tros per no despertarvos... Si fos així, la seva conducta no seria inexplicable. Mentre tu eres a la borda va sorgir la necessitat d'anar avui a casa teva i no t'ho van poder comunicar de paraula perquè eres fora, i aquesta matinada han volgut marxar d'hora per evitar la calor de les hores centrals del dia... Podria ser una explicació, no?

—Es veu, Raimon, que no coneixes el Georges. Ell no gasta aquestes delicadeses. Si de cas ho hagués fet, d'empènyer el cotxe amb el motor parat o, millor dit, de fer empènyer el cotxe pel meu germà, no hauria estat per no despertar-nos, sinó per ocultar la seva marxa. I aleshores tornem a ser al mateix lloc. ¿Per què tant de misteri?

No tenia arguments per contradir-la però continuava pensant que tot s'explicaria l'endemà, a la tornada dels aparentment fugats. I a més, hi havia una manera de sortir ràpidament del dubte: telefonar a Carcassona, a casa dels pares de la Miquèla, on el seu germà, en aquelles hores, ja podia haver arribat de sobres. Si jo m'hagués trobat en una situació semblant, ho hauria fet sense pensar-ho dues vegades, però la Miquèla no ho va voler fer, i no pel que jo malpensava al principi, és a dir pels a vegades inescrutables viaranys de la mentalitat femenina, sinó per una raó força comprensible: no volia fer l'efecte que vetllava pel seu germà, que li controlava els passos. Era el preu que li calia pagar perquè ell tampoc no s'immiscís en la seva llibertat, malgrat que el pare, un relativament jove però ben situat membre de la classe mèdica, i la seva mare, una prudent dama ocupada representant el paper d'esposa de metge, donaven per suposat que, en aquell viatge, la Miquèla quedava sota la tutela del Bernard.

—Aleshores no hi pensis més i estigues tranquil·la. Demà s'aclarirà tot.

Els seus ulls eren com sempre un espill on es podia

llegir. I ara s'hi podia llegir la preocupació. Era molt bella també amb aquella expressió seriosa, emmurriada, que accentuava potser la morenor de la seva cara, emmarcada per la negror dels cabells curts, però estirats.

—Me'n vaig a la borda de les Moreres —va dir—. M'enduré les coses per preparar el dinar per a nosaltres dos. Què vols menjar?

—Mira què hi ha a la nevera i tria el que t'agradi.

(No li podia pas dir que parés la canya i em pesqués un parell de truites, que era el que realment em venia de gust.)

Vaig veure com entrava dins la caravana i després en sortia amb la motxilla força plena a l'esquena, s'enfilava per l'escala de corda fins a abastar l'anella del funicular i lliscava cap a l'altra banda. (M'adono, amic que em llegeixes, que no t'he explicat bé, encara, què és el funicular. Consisteix en dues cordes, esteses entre dos pollancres ben grossos, un de cada banda del riu. Una corda fa baixada cap a llevant, i l'altra, que serveix per tornar, en fa cap a aquest cantó. El viatger s'ha de penjar de l'anella amb les mans i aleshores el pes mateix el fa lliscar cap a la riba contrària. Quan es vol tornar a utilitzar l'anella, cal fer-la retornar abans, tibant un cordill que la subjecta.)

Després vaig veure com pujava per l'escala de pedra a l'assolellada eixida de barana de troncs que hi ha a la part davantera de la borda, es ficava a l'interior i una estona després en sortia i parava la taula a l'eixida, dins la petita zona d'ombra arran de la finestra.

Bo i dinant semblà que es distreia, que retornava la seva alegria de sempre, com si la lluminositat daurada de l'aire, l'agradable temperatura de la brisa de la Noguera, la remor de l'aigua i el fullam i el magnífic panorama que s'albirava cap al sud inundessin el seu esperit i n'escombressin les preocupacions.

Fins i tot quan vam separar-nos, jo per anar a la feina i ella al poble, vam quedar de repetir aquella nit el sopar i la vetllada a la borda.

Però ja no va ser possible. Cap a les vuit la vaig veure venir pedalant entre els plàtans de la carretera i trencar pel camí de can Bastida; passà el pont del canal i frenà sota meu. Aleshores em va dir la segona notícia malastruga d'aquell dia:

—Han robat la imatge de la Mare de Déu d'Avellanui!

—Què dius ara! De veritat?

—A Sort no es parla de res més. Fins i tot ho ha dit la televisió aquesta tarda.

Malauradament era una notícia poc original, per l'excessiva freqüència amb què es produïen fets d'aquesta mena en els poblets de muntanya. Però en aquest cas, la cosa passava de mida. La Mare de Déu d'Avellanui, també dita popularment del Bolet, a causa del fet que l'infant Jesús que seu a la falda porta un bolet a la mà, era potser la talla més important de l'escultura romànica catalana. Jo l'havia admirada sovint, perquè cada any acudíem, el tercer diumenge de maig, a l'aplec d'Avellanui, i àdhuc algun diumenge d'estiu, de tant en tant, anàvem a la missa que hi deia el rector de Malhostal. El meu pare no era gaire de missa, per no dir gens, però se sentia molt identificat amb el Pallars, malgrat que era només el nostre lloc d'estiueig (un estiueig complet, d'altra banda, perquè era catedràtic de l'Institut de Puigcerver i disposava d'unes vacances quasi tan llargues com les meves), i li agradava actuar com un pallarès. D'altra banda, el santuari, situat en un promontori sobre la Noguera, era bellíssim i frescal a l'estiu, i donava gust contemplar-lo lentament, asseguts entre la mitja dotzena de fidels de la missa dominical, mentre el capellà recitava la missa amb el seu accent pallarès.

—Em pensava que estava molt ben protegida —vaig dir—. La darrera vegada que hi vaig estar vaig veure que hi havia unes reixes gruixudes de ferro en totes les obertures.

—Bé ho devia estar, ja que la televisió ha dit que, anys enrera, quan la van portar a una exposició d'art romànic, la van assegurar en vint milions de pessetes. D'altra banda, hi ha la guàrdia civil a la cruïlla de la carretera de la Seu, cosa que fa suposar que deuen vigilar totes les carreteres. M'agradaria veure què en diu la televisió en les notícies del vespre. Raimon, ¿per què no deixem per a demà el sopar a la teva borda i anem a menjar uns entrepans a can Gerber, on la podrem mirar?

Jo tenia una bona ràdio i vaig estar a punt de dir-li que podíem escoltar perfectament les notícies de les deu mentre sopàvem a la borda. Però vaig posar el fre abans d'obrir la boca. Alguna cosa, que no sabia què era, però que després vaig anar intuint, li estava passant a la Miquèla. Per què?, ¿com era possible que un fet, que en aparença l'afectava tan poc, la pogués fer capficar fins al punt d'alterar radicalment els seus costums i fins i tot la fes renunciar a la vetllada a la borda, per a la qual tan ben disposada estava unes hores abans? ¿Potser, per alguna raó que jo ignorava, estar sola amb mi havia deixat de complaure-la? Aquest pensament em ferí uns instants i el dolor que em va causar em va fer adonar de com estava d'avançat el meu procés d'enamorament de la Miquèla.

Però, immediatament, una altra hipòtesi, molt més probable, desplaçà l'anterior: la Miquèla relacionava la marxa del seu germà amb el robatori. ¿Sabia potser alguna altra dada, desconeguda per mi, que la feia sospitar amb fonament? ¿O era una manifestació malaltissa del seu caràcter, imaginar-se absurds lligams entre fets totalment independents?

Fos el que fos, vaig empassar-me els meus pensaments i mentre mirava la borda solitària daurada pel sol ponent, més enllà de la fosca verdor de l'aigua, sobre la qual planava l'ombra dels pollancres, vaig dir:

—Com vulguis.

Dimecres la Miquèla no va acostar-se en tot el matí. A les dues, mentre jo dinava, va passar amb la bicicleta camí del poble. Em va donar la bandera occitana que havia confeccionat aquell matí, brodant en groc la creu dels càtars sobre una tela vermella, per a plantar-la al costat de la bandera catalana que jo havia hissat a l'entrada del meu prat. Després continuà cap a Sort, dient que volia ser a l'arribada del cotxe de línia que portava els diaris, a fi de no quedar-se'n sense. Mai no li havia vist tampoc fins aleshores cap interès per la premsa. Li agradava la lectura, sí, però el diari, no l'hi havia vist llegir mai.

Cap allà a les tres va tornar amb l'*Avui* i *La Van-*

guardia. Agafà una cadira plegable i s'assegué al meu costat, sota els pollancres, a llegir *La Vanguardia.*

—L'entens, el castellà?

—Força. Però si hi ha alguna cosa que no entenc, me la traduiràs, oi?

—És clar.

Jo vaig desplegar l'*Avui.* La notícia anava a la primera pàgina. Sota el títol: *La imatge de la Mare de Déu d'Avellanui, robada,* i el subtítol: «És considerada la talla romànica més important del segle XI», vaig llegir:

«Aquesta matinada ha estat robada la imatge de la Mare de Déu d'Avellanui. Es tracta d'una talla l'incalculable valor artístic de la qual havia fet pensar moltes vegades en la conveniència de traslladar-la al Museu Episcopal de la Seu d'Urgell, sense que s'arribés a fer mai per por de ferir els sentiments religiosos dels pallaresos, que li professen una gran devoció.

»El robatori ha estat descobert per uns turistes que aquest matí pretenien visitar el santuari, sense saber que resta tancat tota la setmana i només s'obre diumenge al matí, quan el rector de Malhostal, que és qui en té cura, hi va a dir missa.

»Hom suposa que el robatori ha tingut lloc durant la nit de dilluns a dimarts. En tot cas, no ha estat abans de la nit de diumenge, ja que el rector, mossèn Àngel Casibròs, ha declarat que diumenge al matí no havia notat res d'anormal al santuari.

»Sembla que de moment no hi ha cap testimoni ni ningú que hagi observat res de relacionat amb el robatori, cosa força natural, ja que el santuari, situat en un promontori sobre la Noguera Pallaresa, és allunyat dels centres habitats, i la carretera del Pallars, per la qual sens dubte han fugit els delinqüents, és molt poc transitada a la nit.

»Per entrar al santuari, els lladres, que devien conèixer bé el lloc, han hagut de saltar al petit jardí posterior despenjant-se per una impressionant paret rocosa, que cau a plom sobre la Noguera, i després forçar dues portes, la primera de fusta, que tanca el que abans era rectoria i aixopluc de pelegrins, i després la de l'església pròpiament dita, que és de ferro.

»Funcionaris del cos general de policia han acudit a Sort per començar les investigacions. Hi ha un gran dispositiu de vigilància a les carreteres del Pirineu.»

La Vanguardia publicava a la portada una foto de la imatge robada, i a la primera pàgina de tipografia una àmplia informació que deia pràcticament el mateix que l'*Avui*. Afegia que la gent del Pallars era pessimista respecte a la possibilitat de trobar ràpidament els lladres, ja que la distància que separava el santuari de la frontera francesa o andorrana podia ser recorreguda en menys de dues hores i, per tant, els lladres havien tingut temps, almenys, d'escapar-se a Andorra abans que el robatori fos descobert. En canvi, les esperances de recuperar a la llarga la imatge eren considerables, perquè a qualsevol part del món que s'intentés la seva venda, seria immediatament reconeguda.

La Miquèla restava silenciosa, capficada en la lectura, que no li devia resultar fàcil. Seriosa, se m'adreçava només de tant en tant per demanar-me el significat d'algunes paraules. Després es va aixecar i em va dir que se n'anava una estona a la borda de les Moreres. Vaig veure com s'enfilava lleugera per l'escala de corda, es ficava els dos diaris i el llibre que portava a la pitrera de la camisa i lliscava en un instant a l'altra banda del riu.

Entremig dels arbres vaig poder veure com es ficava a la borda. En va sortir amb la meva gandula a la mà i se n'anà a instal·lar-se sobre una gran roca que s'endinsa en el riu. Era (i és) el meu lloc preferit de lectura. Situat sobre la roca, hom queda quasi rodejat per l'aigua que s'hi arremolina al voltant i tens la impressió de viatjar amb barca. L'ombra és assegurada gairebé tot el dia per una gran noguera que estén les branques per sobre la roca fins ben endins del riu. La Miquèla es despullà i, en banyador, s'estirà a la gandula i es posà a llegir altra vegada el diari. Veient que jo l'estava mirant, em va saludar amb el braç. Jo li vaig correspondre i aleshores vaig tornar a la feina. Era evident que la Miquèla volia estar sola.

Cap a les sis la vaig veure arribar ben molla: havia travessat el riu nedant.

—He deixat la roba, el llibre i els diaris a la borda —em va dir—. Després, quan hagi arribat el meu germà, vindré a buscar-ho.

Però a l'hora de sopar la Miquèla no es presentava. Vaig menjar sol a la caravana i després me'n vaig anar a llegir a la roca de la noguera, a l'altra banda del riu. Quan ja no m'hi veia, vaig tancar *El martell* (deliciosa novel·la de J. Sarsanedas, fresca com un doll d'aigua d'aquestes muntanyes, que et recomano, lector amic) i vaig deixar que s'escolés el temps mentre contemplava el firmament, la grisor de plom del qual s'anava enfosquint molt més lentament que el fons de la vall. El cel no perdé del tot el seu to metàl·lic i no van aparèixer les constel·lacions fins una bona estona després d'haver-se fet totalment fosc al meu voltant.

Ja feia una bona estona que estava així, a les fosques, esperant, i d'altra banda gaudint de la nit pirinenca, quan vaig veure una llanterna encesa que s'acostava per l'altra banda del riu cap a casa meva. Vaig plegar la gandula, vaig recollir la roba i el llibre de la Miquèla i vaig travessar el riu a les fosques.

La Miquèla em va veure quan baixava per l'escala de corda.

—Raimon! Sóc jo! En veure-ho tot tan fosc pensava que potser no te n'haguessis anat al poble.

—Era a la borda. Et passa res, Miquèla? Estàs inquieta...

—El meu germà va dir-me que arribaria avui a la tarda i encara no és aquí. Tinc por que li hagi passat alguna cosa.

—Telefonant a casa teva podem sortir del dubte —vaig proposar-li novament—. Pensa que ell no pot fer-ho, i si li ha sortit algun entrebanc que li impedeix de tornar avui, deu estar desitjós de comunicar-se amb tu. Anem, et portaré amb el cotxe a la cabina del poble.

—No, Raimon..., tinc por d'alarmar els meus pares.

—Per què?

—Potser el Bernard no em va dir la veritat i en realitat anava amb el Georges cap a un altre lloc...

—Creus que pot haver-te mentit, el Bernard?

—Des que és tan amic del Georges no sembla el mateix. S'ha tornat reservat envers mi i envers els pares. La seva vida i les seves activitats presenten moltes zones d'ombra.

—Podria telefonar jo fent veure que sóc un amic de Carcassona que ignora que és a Catalunya.

—Se't coneixerà l'accent.

—Segurament, però en últim cas podria dir que sóc un estranger resident a França, naturalment.

Es va deixar convèncer. Pocs minuts després aparcava davant de can Gerber el cotxe que havia estat del meu pare. Feia una nit càlida, de les que a Sort només es donen al mig de la canícula. Les taules que els cafès i bars treuen a la vorera de l'avinguda dels Comtes de Pallars eren totes ocupades.

No hi havia, en canvi, ningú dins les cabines del capdamunt de la Palissa.

—*Allô!* —va dir en despenjar una veu masculina que vaig suposar que era el pare de la Miquèla.

—*Allô!* Sóc un amic del Bernard, voldria parlar amb ell.

—No hi és ara; és a Espanya. ¿Vol deixar algun encàrrec per a quan torni?

—No cal, li volia demanar la piragua, però se la deu haver endut...

—Sí, precisament ha anat a participar en un *rally*.

—Era d'esperar, ja me n'havia parlat, que potser hi aniria. Bé, gràcies i perdoni. Bona nit.

—Bona nit.

La Miquèla ho havia sentit tot. Em va dir:

—M'ho pensava. Anem. —I quan vam ser al cotxe, de cop i volta—: Raimon, em voldràs ajudar?

—És clar que sí.

—Doncs cal que busquem el meu germà. Estic convençuda que es troba en alguna dificultat. Perquè, si em va dir la veritat, si tenia realment la intenció d'anar a casa, alguna cosa ha passat que ha impedit que complís el seu propòsit; i si, com em temo, em va mentir, hauria d'haver tornat aquesta tarda abans que jo em pogués intranquil·litzar, telefonar als pares i descobrir el seu engany.

—Llavors crec que hauríem de posar el teu pare al corrent del que passa —vaig dir afluixant la marxa.

—No podem, Raimon.

—Per què? —vaig dir, més que sorprès, encuriosit i esperant què diria.

—¿T'has adonat que el meu germà va desaparèixer la mateixa nit que es va produir el robatori d'Avellanui?

—Penses que ell i el Georges...?

—És possible. Les activitats del Georges han estat sempre obscures i no m'estranyaria que tingués connexions o estigués plenament immergit en el món de la delinqüència.

—Vols dir que no és clara la font dels seus ingressos?

—Diu que treballa a la sucursal d'una empresa del seu pare i no sé quin sou deu cobrar ni quines quantitats pot passar-li el pare, si és que li'n passa cap, ja que no crec que les seves relacions puguin ser gaire bones, donat el radicalisme polític i la burla semipública que en fa, però en qualsevol cas les seves despeses són molt considerables. Però no és pas aquesta la raó principal que em fa sospitar del Georges, sinó la seva manera de pensar, la ideologia cínica que es desprèn de les seves paraules i del seu comportament, la forma com ha convertit el meu germà en el seu gosset...

—És per això que t'interessaven tant les notícies relacionades amb el robatori...

—És clar. I és per això que et demano ajuda. Si comuniquem ara als meus pares la desaparició del Bernard, no podrem evitar que avisin la policia i això li podria significar la presó. Hauríem d'intentar de trobar-los nosaltres sols i provar de convèncer-los de la necessitat de retornar la imatge.

Havíem arribat, però vam romandre al cotxe, dins el qual penetrava la intensa claror de la lluna plena.

—Parles amb seguretat, com si ho sabessis del cert, que les coses han anat tal com sospites.

—Hi ha massa indicis, i tots apunten en la mateixa direcció. Primer: he trobat a la tenda del meu germà un llibre sobre art romànic català. Tenia el punt de lectura a la pàgina dedicada a Avellanui. Bé, doncs resulta que el Georges i el meu germà no han manifestat mai cap interès per l'art, i pel que fa a la lectura, en Georges llegeix exclusivament política, i el meu germà temes científics i a vegades de ciència-ficció. Segon: el diumenge abans d'anar a la Pica van voler anar a missa a Avellanui, cosa que em va estranyar molt, perquè feia molts anys que cap d'ells no posava els peus en una església, i l'antireligiositat d'en Georges és tan furibunda, que sempre que ve a tomb deixa anar burles blasfemes que ell mateix celebra com si hagués fet un acudit graciosíssim. Continuo?

—Encara hi ha més coses?

—Tercer: quan vam marxar de Carcassona, tots dos portaven tot l'equip de muntanya, mentre que l'any passat no havien volgut portar res. És clar que tot aquest material, motxilles, botes, anoracs, sacs de dormir, una tenda petita, etc., era encara al portaequipatge perquè l'havíem utilitzat diumenge a la Pica, i potser no havien pensat a descarregar-lo...

—No sembla gaire probable que emprenguessin un viatge llarg carregats d'estris que no havien d'utilitzar!

—Certament. Quart: enguany, quan vaig proposar-los

d'anar a la Pica d'Estats, vaig poder convèncer-los de seguida malgrat el seu poc interès per la muntanya. Penso que aquella excursió podria haver significat per a ells un entrenament i qui sap si també un reconeixement del terreny...

—Així, doncs, penses que han fugit per la muntanya.

—Sens dubte. No podien córrer el risc de ser descoberts en travessar la duana francesa.

—Poden haver passat a Andorra, on no hi ha control d'entrada...

—¿Què hi haurien guanyat, portant la imatge a Andorra? Hem de suposar que el robatori el feien per compte d'altri, i no és gaire raonable que el lliurament de la imatge s'hagués de fer a Andorra, ja que aleshores els patrocinadors de l'operació haurien de recórrer una altra vegada al contraban muntanyenc per treure-la del petit país.

—També podrien haver reculat cap a l'interior d'Espanya, amb la intenció de passar a Portugal...

—Però això no ho podien fer en dos dies, i ells confiaven de rematar l'«afer» en aquest termini!

—He de reconèixer, Miquèla, que hi has pensat a fons i que molt possiblement l'encertes. Però existeix la possibilitat que t'equivoquis, que el robatori i la marxa del teu germà coincidissin per casualitat, que de sobte els hagués entrat curiositat per l'art i interès per la muntanya, que, com ja has dit, l'equip se l'haguessin endut involuntàriament... Assumim una greu responsabilitat no denunciant la seva desaparició i, per tant, retardant un auxili que potser necessiten urgentment.

—Ho sé, Raimon; assumeixo aquesta responsabilitat ben conscientment, perquè estic del tot convençuda que ells han estat els autors del robatori. Hi ha encara més raons que ho confirmen, però el que passa és que no sé gaire com expressar-les, perquè provenen de paraules, gestos i fins i tot silencis que he observat, de sortides inesperades a hores inusuals durant la setmana passada... Són coses que he anat recordant, encara que no amb la precisió que voldria, perquè llavors no hi donava importància.

—Aleshores, cal que no perdem temps i fem un pla sistemàtic de recerca sobre el mapa —vaig dir aixecant-me del cotxe—. Hi ha almenys cinc itineraris principals a investigar, cadascun dels quals té, a més, algunes variants —vaig continuar mentre els anava resseguint amb retolador vermell sobre el mapa, estès a la taula de la caravana—, que són: 1) seguir la vall de la Noguera fins més enllà d'Alòs i travessar la frontera pel port d'Aulà; 2) la vall de Cardós, amb els ports de Tavascan i de Lladorre; 3) la vall Ferrera, per Àreu, amb els ports Vell i de Boet; 4) també la vall Ferrera, però per Tor i els ports Negre i de Cabús, fronterers amb Andorra; 5) la vall de Santa Magdalena, per Ars o bé Os de Civís, també cap a Andorra.

L'itinerari del port d'Aulà era totalment desconegut per al Georges i el Bernard, segons m'informà la Miquèla. Ni tan sols figurava en el mapa del qual ells disposaven, que només abastava des de la vall de Cardós fins a Andorra. Els itineraris 4 i 5 portaven a Andorra. Inicialment també s'havien de descartar.

—Crec que hauríem de començar per Àreu, perquè el més lògic és que hagin anat per un camí que, almenys en part, els era conegut —va dir la Miquèla.

—D'acord, però si no els trobem a la vall Ferrera, hau-

ELS CAMINS DE FUGIDA

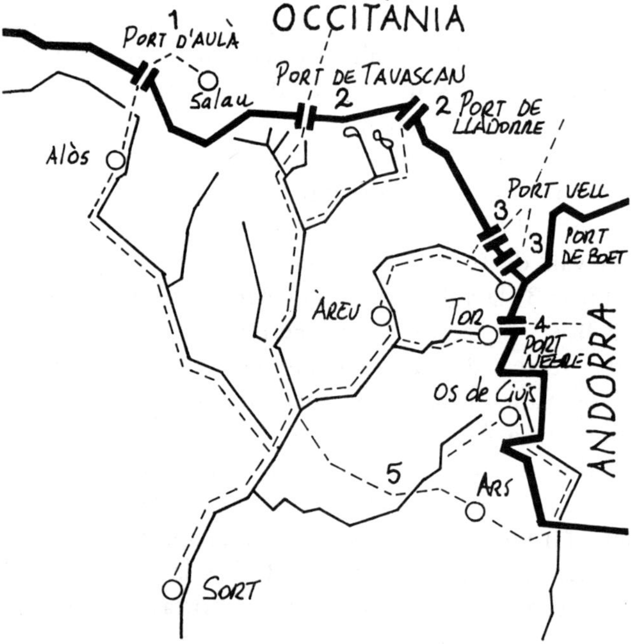

rem d'avisar els teus pares. Estem treballant sobre massa hipòtesis...

—Podríem marxar ara mateix! —em va dir per resposta.

La vaig mirar sorprès, però l'expressió del seu rostre indicava que no parlava de broma. Després de dos dies de dubtes i neguits, havia arribat per a ella el moment d'actuar, de posar fil a l'agulla. Això asserenava el seu esperit i li donava força moral. La força física ja la hi posaven els seus disset anys, els seus músculs nous de trinca, aparentment infatigables.

—Mira, Miquèla: demà haurem de caminar de sol a sol i demà passat segurament també. És millor que descansem durant la nit, perquè, d'altra banda, a les fosques hi ha el perill que passem pel costat del Georges i del Bernard i no els vegem, i fins i tot que ens perdem nosaltres. Ara són dos quarts de dotze. Si ens llevem a les quatre i marxem a dos quarts de cinc, se'ns farà clar en arribar al refugi.

—Entesos. Me'n vaig a dormir.

—T'acompanyaré fins a la teva tenda.

La nit era encara relativament càlida. El cel continuava estritllat i la lluna plena feia que la visibilitat fos perfecta. L'aire era molt quiet, només una brisa molt lleu feia remorejar baixet els pollancres.

—Les teves companyes trobaran molt estrany que marxis tant de matí.

—Els diré que he decidit acompanyar-te en un viatge que has de fer a Barcelona i que tornaré demà passat.

—S'ho creuran?

—Per què no? Mira, hi ha claror a la meva tenda. Encara no són a dormir.

El petit campament estava encara en plena activitat. Se sentia una guitarra dins d'una tenda. Fins i tot en el càmping que hi ha mig quilòmetre més avall hi regnava una gran animació, que sens dubte no devia estar gaire d'acord amb el reglament. Però quan venien els piragüistes cada any el càmping esdevenia una festa. Eren uns dies màgics per a la joventut d'arreu del món que hi acudia. Calia viure. ¿Per què perdre unes hores d'aquella intensa vida dormint estúpidament?

—No hi acabaré d'arribar. Hauria de donar explicacions i potser se'm veuria el llautó. És el problema dels mentiders —vaig dir rient—. Procura descansar i recuperar forces. A les quatre et vindré a buscar.

La Miquèla m'abraçà i em digué:

—Gràcies, Raimon.

Jo també la vaig enllaçar i la vaig besar.

—Tot anirà bé, Miquèla.

Vaig tornar lentament, respirant a fons l'olor d'herba que portava l'airet nocturn. A l'altra banda del riu, prop de la borda, dos llumets saltironaven entre els arbres: algun gat abandonat s'aixoplugava dins la borda de les Moreres. Estava bé, així en fugirien les rates.

3

L'OSTATGE

En sortir a la carretera vaig fer rutinàriament l'*stop*, que podia ben estalviar-me en aquelles hores de la matinada, i vaig tombar a la dreta, cap a Rialb. A la vora del riu es van veure encara uns moments la caravana i la casa en construcció, petites i solitàries sota la lluna. Vaig pitjar l'accelerador i vaig adquirir una bona marxa. El cotxe rutllava bé i tota la carretera era per a mi. La Miquèla, silenciosa, s'endormiscà ben aviat. No es despertà fins a Llavorsí, amb un fort sobresalt, en veure que un guàrdia civil ens encarava la metralleta. Era el primer control que trobàvem.

—La documentació, si us plau —em va dir en castellà el guàrdia que ens abocava l'arma per la finestra oberta.

Li vaig donar el carnet d'identitat, però la Miquèla tenia el passaport dins la motxilla, que portàvem al darrera. Per no posar nerviós el guàrdia, amb moviments que li podrien semblar sospitosos, vaig donar la clau a la Miquèla i vaig deixar que ella mateixa tragués el passaport, sota la mirada atenta de l'altre guàrdia, que s'havia quedat a segona línia i que tampoc no va deixar un sol moment d'apuntar-la.

—Tingui —va dir la Miquèla donant el passaport al primer guàrdia, el qual, malgrat que gairebé es podia llegir a la blanquinosa claror de la lluna i dels llums de la central elèctrica, va encarar la llanterna als documents i els va examinar atentament. Devia intrigar-lo la nostra joventut, perquè va dir:

—Deixi'm el carnet de conduir.

Va poder comprovar que en tenia des de feia un any, me l'havia tret en complir els divuit, però aleshores li devia fer estrany que tan jove portés un cotxe relativament gros, perquè també em va demanar la documentació del cotxe i, després de mirar-se-la, va dir:

—Qui és Josep Esplugafreda Vinyes?

—El meu pare —vaig contestar, sense aclarir-li que era mort, però que figurava encara com a titular del cotxe.

—Espera, Dionisio —vaig sentir que deia l'altre guàrdia acostant-se—, em sembla que aquest noi el conec. —I adreçant-se'm va dir en català—: Raimon, ¿on vas en aquestes hores de la nit?

Vaig reconèixer la veu. Era el pare de la Rosa, la promesa del Salvador. D'altra banda no podia ser ningú més, ja que no hi havia cap més guàrdia civil català en tota la comarca.

—Ah, és vostè, Agustí! Doncs, ja ho veu, volem pujar a la Pica Roja i hem sortit ben de matí per a arribar al refugi quan es faci clar.

—Heu escollit mal dia. Trobareu controls a totes les cruïlles. Ja deveu saber que han robat la Mare de Déu d'Avellanui, oi?

—Sí, no es parla de res més.

—Tenim ordre de revisar tots els cotxes. Caldrà ferho també amb el teu.

—Faci el que hagi de fer. Ara li obro el portaequipatge.

Aquest era ple de tota classe d'objectes: motxilles, una tenda, un bot inflable, cordes i estris d'escalada, un fogó de gas, un bastó, una canya de pescar, cadenes per a la neu, gran quantitat de queviures i àdhuc l'escopeta; però, evidentment, la imatge d'Avellanui no la portava.

—Ja saps que la vall Ferrera és reserva nacional de caça —em va recordar el pare de la Rosa—. No se t'acudeixi de treure l'escopeta!

Encara vam trobar un altre control a Alins, al trencall de la carretera de Tor, però no vam haver-nos de parar. Els guàrdies em van mirar amb posat sorrut, sense decidir-se a fer-me cap senyal, ni de parar-me ni de tirar avant, i jo vaig passar ben a poc a poc davant d'ells i no vaig accelerar fins que els vaig perdre de vista pel retrovisor.

La Miquèla ja no va dormir més. L'esglai de la metralleta l'havia deixada ben desvetllada.

—La primera cosa que hem de fer —li vaig dir— és buscar el cotxe del teu germà. Si el trobem, serà que anem per bon camí.

—El deuen haver deixat a l'esplanada del refugi.

—Això suposant que no hagin cregut millor amagar-lo.

—Tens raó.

Passat Àreu, el darrer poble de la vall, amb la seva insòlita il·luminació nocturna d'autopista, la carretera deixa de ser asfaltada i es converteix en un bell camí de muntanya paral·lel al riu d'aigua clara però malauradament escassa des que la van desviar per un canal subterrani cap a la central de Llavorsí. Pel pont de la Farga, el camí salta a la riba esquerra i s'enfila fent esses fins al pla de la Selva. A mesura que guanya altitud, el paisatge va esdevenint alpí i l'aigua comença a brollar pertot arreu. Després torna a baixar fins retrobar el riu. Aquí la Noguera de Vallferrera encara té tot el seu cabal primitiu i és salvatge, sorollosa, blanca d'escuma. El camí ja no s'aparta del riu fins que s'acaba en una esplanada, davant el pont de la Molinassa.

Hi vam trobar una mitja dotzena de cotxes, però el del Bernard no hi era. Ens vam mirar, desanimats. Ara calia buscar el cotxe i ben bé a les palpentes, ja que la lluna s'acabava de pondre i encara no es feia notar la proximitat de l'alba.

—Si és que han fugit per aquí, no poden haver-lo deixat gaire enrera —va dir—, perquè tot el que hagin retrocedit ho hauran hagut de fer després a peu, i el temps no els sobrava. Anem enrera caminant. Hem de trobar el cotxe, si és que hi és.

Vam prendre les llanternes i vam girar cua. De seguida vam adonar-nos que hauríem de recular més del que ens pensàvem, perquè el camí, tallat en un coster, limitava per l'esquerra amb el marge, força alt, excavat a la muntanya, i per la dreta amb l'estimball, i per tant era impossible d'apartar un cotxe fora del camí si no era tirant-lo costa avall, cosa que no semblava gens probable que haguessin fet, però que em va obligar a mirar també cap al riu, sense cap resultat. Vam retrocedir així una bona estona i, a mesura que s'anava fent clar, anaven disminuint les nostres esperances de trobar el cotxe. En arribar al pla de la Selva ja era totalment de dia. Allí un cotxe podia sortir del camí pel qualsevol lloc, i per això vam proposar-nos de recórrer el pla en tota la seva amplitud, sense deixar cap racó per escorcollar. Jo vaig resseguir pam per pam tota l'extensió que hi ha a la dreta del camí, fins on el prat adquireix tal pendent que és impossible que hi pugui arribar un cotxe, però sense cap resultat. La Miquèla, també, com aquell qui busca bolets, explorava l'altra banda. De sobte va cridar:

—És aquí, Raimon!

Per primera vegada en moltes hores, vaig respirar tranquil. Així, doncs, les hipòtesis que havíem fet, que havia fet ella, s'estaven confirmant.

Vaig acostar-me cap on m'havia semblat sentir la veu, rera uns arbres, prop del camí d'Aixeus. Allí, ben tapat amb branques de pi, hi havia el Citroën del Bernard.

—Ara sí que no hi ha dubte que els teus pressentiments eren ben fundats —li vaig dir—. És evident que el Georges i el Bernard han passat per aquí, i no pas per a fer alpinisme, ja que per això no els calia amagar el cotxe. Només poden haver fugit a França pel port Vell o pel de Boet.

—Queden gaire lluny l'un de l'altre?

—No gaire.

—Per quin comencem?

—Jo ho faria pel port Vell. El camí passa pel refugi i al principi coincideix amb el de la Pica d'Estats. I, tal com vas dir tu, el més probable és que hagin anat pel que coneixen millor.

—Doncs, no perdem temps, Raimon; pugem al port Vell!

Vam tornar a tapar curosament el cotxe, ja que podia ser, de fet, fàcilment descobert per la gent que sol fer càmping lliure al pla de la Selva, i vam emprendre amb bon pas el camí de tornada.

En passar pel refugi vaig entrar-hi un moment, mentre la Miquèla es quedava a fora parlant amb un grup de nois i noies que estaven a punt de sortir cap a la Pica d'Estats. Encara hi havia gent dormint a les lliteres. Vaig adreçar-me directament a la farmaciola i vaig comprovar que era quasi buida. Jo l'havia oberta el diumenge anterior i aleshores era intacta. Així, doncs, algú, en el transcurs de la setmana, se n'havia emportat gairebé tot el contingut. Vaig estar a punt de preguntar a dues noies que s'estaven cordant les xiruques si algú s'havia accidentat els darrers dies, però vaig desistir de fer-ho en veure que la Miquèla travessava el llindar. Era millor no fer-la partícip dels meus temors. Encara que, ben mirat, ara m'adono que potser aquest detall li hauria donat esperança, ja que si un d'ells dos havia pogut venir fins a la farmaciola, era que no s'havia accidentat, i si amb l'escàs contingut d'aquesta n'hi havia hagut prou per curar l'altre, era que l'accident no havia estat pas d'importància. I encara més, si les meves sospites eren certes, érem a prop d'ells i érem sabedors de la causa de la seva desaparició. Però, tal com he dit, tot això m'ho vaig callar, deixant la Miquèla a les fosques, i potser amb la por de desgràcies més fortes.

Vam seure a esmorzar una mica als graons de l'entrada, reconfortats pels raigs del sol, que acabava de sortir. Mentre menjàvem, vam veure al fons del pla de Boet una parella de la guàrdia civil. Quan vam veure que s'adreçaven al pont i venien cap al refugi, vaig dir a la Miquèla:

—Val més que marxem. Si més no, ens farien perdre el temps.

Amb l'entrepà als dits i sota un sol que, acabat de sortir, ja cremava, vam emprendre la pujada. El camí del port Vell és enraonadament costerut, malgrat els seus 2.602 metres d'altitud. Dos anys enrera n'havíem fet la travessia amb el pare, fins a Vic-de-Sòç, ja a Occitània. Mentre caminava em preguntava si caldria tornar-hi a arribar. Perquè, si no els trobàvem abans del port, ¿què era millor, continuar per territori occità o bé pujar a la pica Roja i, seguint per la carena, anar a trobar el port de Boet i retrocedir després fins al refugi?

Al voltant de les deu vam arribar al port, sense haver trobat ni rastre dels fugitius. Vam deliberar una bona estona, dubtosos tots dos del que era millor. Però a la vista del mapa, que el càlid vent del sud volia emportar-se, vam veure que si ens arribàvem, no ja a Vic-de-Sòç, sinó tan sols a Auzat o, encara menys, a les cases de Monicó, seria impossible de tornar aquell vespre al port de Boet, no ja pel cansament, que no ens feia por, ni per la meteorologia, que no podia ser millor, sinó, simplement, per manca de temps. Així, doncs, vam optar al final per anar cap al port de Boet i investigar completament aquell dia el vessant català i deixar per a l'endemà, si calia, l'occità.

Després d'una bona estona d'exploració amb els prismàtics i encara rosegats pel dubte, vam començar l'ascensió a la Pica Roja per la carena, la qual, pel cantó occità, cau a plom sobre una profunda vall, mentre que pel cantó català és una tartera de grans lloses, de pendent primer suau, però que es va accentuant a mesura que t'apartes de l'eix de la carena fins esdevenir paorosament vertical. Si hom té la precaució de no acostar-se gaire a la cinglera ni d'allunyar-se'n, l'ascensió no és difícil.

Vam sentir veus en acostar-nos al cim: hi havia una colla de muntanyencs que estaven assaborint la victòria sobre la feréstega pica. Els uns asseguts, els altres dempeus, contemplaven el grandiós panorama.

—Mireu que gran que és Catalunya! —els deia el que semblava ser el cap del grup.

A mi se m'humitejaren els ulls recordant les vegades que el meu pare m'havia dit el mateix dalt el Monteixo, la Pica d'Estats, el Tuc de Colomers...

—I que gran que és Occitània —vaig dir a la Miquèla bo i mostrant-li l'immens panorama que s'albirava cap al nord.

Vaig posar la màquina de fotografiar sobre una pedra, vaig enfocar la Miquèla i, després de pitjar el disparador automàtic, vaig córrer al seu costat. Ara, mentre escric sota els pollancres, en aquesta tranquil·la tarda de setembre, tinc davant meu aquella foto, amb una Miquèla que està dempeus, aparentment gens fatigada per l'enorme esforç que ja havíem fet aquell matí, bellíssima amb els cabells esbullats pel vent. Jo, dret al seu costat, li premo la mà i miro cap a la màquina, esperant el clic que indica que la foto està llesta.

Vam restar una bona estona dalt la pica, malgrat que no hi havíem pas pujat per veure el panorama. Mentre menjàvem un entrepà, la Miquèla resseguia amb els prismàtics el fons del pla de Baiau.

—Veig una tenda blava! —va dir—. Podria ser la del Georges!

—Veus algú pels voltants?

—No. —I uns moments després—: Sí, veig dues figures uniformades, dos gendarmes...

—¿Com els que hem vist aquest matí des de la porta del refugi?

—Sí.

—Aleshores són dos guàrdies civils. Què fan?

—S'acosten a la tenda... Hi entren... Què deuen fer a dintre...? Ara surten... Se'n van!

—Cap a on?

—Riu avall, cap a la nostra dreta.

—Així, se'n tornen cap al refugi. Mira bé els voltants de la tenda per si veus algú quan s'hagin allunyat els guàrdies.

Mentre la Miquèla estava atenta al que passava al fons de la vall, vaig escriure al llibre del cim: «Des d'aquesta pica, frontera de les nostres dissortades nacions, diguem ben fort: Visca Occitània! Visca Catalunya!»

El donava a signar a la Miquèla, però ella em va dir:

—Espera't, una persona s'acosta a la tenda... No, són dues... una camina recolzant-se en l'altra! No sé d'on han sortit... Entren a la tenda... en torna a sortir una persona... se'n va cap al riu... el travessa... s'ajup al costat d'una gran roca...

—És un noi o una noia?

—No ho sé, però em sembla que porta pantalons... Ara torna cap a la tenda. Porta alguna cosa, com un sac... es fica a dins...

—Creus que podrien ser ells?

—És impossible, des d'aquí, de reconèixer les fesomies.

—Haurem de baixar a esbrinar qui són.

—Ara torna a sortir algú...

—Cap on va?

—Riu avall... es desvia a la dreta... s'enfila al promontori que separa el pla de Baiau d'aquest planell que es veu més a prop de nosaltres... Es para, s'asseu... Ja estic tipa de mirar! No es mou, deu estar fent la migdiada!

Després d'acomiadar-nos de la colla del cim i de tornar el llibre, degudament signat, a la seva capsa, vam començar a baixar per la carena contrària. Passats els primers metres, que són força perillosos, cal despenjar-se amb molta cura pel coster la verticalitat del qual va disminuint a mesura que hom baixa. Es troben després unes fàcils tarteres i a continuació, ja amb menys pendent, l'herbei, en què, malgrat tot, és ben empipador de caminar-hi frenant.

Quan vam ser al pla, vam perdre de vista el punt blau de la tenda. Ens la tapava el petit promontori, que vam remuntar tot seguit. La persona asseguda que hi havia vist la Miquèla amb els prismàtics ja no hi era. Davant nostre, al mig del prat i ran del riu, va tornar a aparèixer la tenda. Aleshores la Miquèla va exclamar:

—És la tenda del Georges! —I després d'una pausa—: És estrany que hagin acampat aquí i no hagin passat encara el port!

La tenda estava ben tancada, solitària.

—Que hi hagi la tenda no vol dir que hi siguin ells...

—¿I les dues persones que jo he vist des de dalt de la pica? Baixem-hi i sortirem de dubtes.

—Espera, Miquèla. Suposem que ells són dins la tenda i que són els autors del robatori. ¿Com reaccionarà el Georges en veure's descobert? Em sembla que no s'alegrarà gaire de veure'ns... ¿Com podrem convèncer-lo que cal retornar la imatge?

—D'una manera o altra ens en sortirem, Raimon. Ara

ignorem massa coses per poder fer plans. El que cal és saber si són aquí o no. Anem-hi!

Vam acostar-nos a la tenda. No se sentia cap veu a dins. En ajupir-me per tibar la cremallera vam sentir un crit:

—Deixeu estar la tenda!

—És la veu del Georges! —va dir la Miquèla buscant amb la mirada el lloc d'on venia la veu—. Georges! Bernard! Sóc jo, la Miquèla!

De darrera una gran roca que hi havia a l'altra banda del riu va emergir primer la figura del Bernard i després la del Georges, que caminava recolzat en l'espatlla del seu amic. Nosaltres vam córrer cap a ells.

—Què t'ha passat, Georges? —va dir la Miquèla.

—Res d'important. Vaig caure i em vaig fer mal. Anem a la tenda. Tu, Bernard, no et deixis el paquet, i tu, Raimon, ajuda'm a caminar.

El paquet a què es referia el Georges era un sac de plàstic dins el qual hi havia un gros embalum tapat amb roba. Era la imatge? Segurament. Era molt significatiu que amb nosaltres haguessin fet la mateixa maniobra que amb els guàrdies, és a dir, en veure que ens acostàvem —segurament era el Bernard qui feia guàrdia dalt del turonet— havien abandonat la tenda i s'havien refugiat darrera aquella roca, a l'inici del bosc. El paquet se l'havien endut totes dues vegades...

La cara del Georges, esblanqueïda, exterioritzava el dolor i el cansament, quan el vaig deixar assegut al terra de la tenda.

—Deixa'm veure aquesta cama —va dir, segura de si mateixa, la Miquèla, que pel que vaig anar veient tenia alguns coneixements de medicina.

Malgrat l'evident disgust amb què el Georges ens havia rebut, va obeir i va deixar que ella li examinés la ferida. Però, fora d'una gran inflor, em va semblar a mi que no tenia gaire més que unes esgarrinxades.

—Et faig saber que tens l'os de la cama trencat.

Ell restava silenciós, com si sense poder fer les seves bromes de mal gust no sabés parlar.

—Cal que et portem immediatament a l'hospital —afegí ella.

Uns altres moments de silenci.

—Tu has ajudat a vegades a curar una cama trencada, oi? —va dir al final el Georges—. Bé, doncs ara tindràs ocasió de practicar amb la meva.

—Ets boig? —va dir ella—. Jo puc fer-te una cura provisional, però si no vas a un metge, suposant que no hi deixis la pell i se't curi, l'os quedarà mal soldat per tota la vida.

—Doncs cal que facis per manera que quedi ben soldat.

—No en parlem més, Georges, em nego a jugar amb la teva vida i amb la teva salut.

I adreçant-se al Bernard i a mi, va continuar:

—Aneu a tallar un parell de pals. Hem de construir un baiard per portar el Georges al cotxe.

La cara del Bernard expressà una forta sorpresa quan va veure que a les mans del Georges hi havia una pistola, amb la qual anava maniobrant desmenjadament, com si fos una joguina.

—Bé, nois, s'ha acabat el teatre. Des d'ara aquí només hi ha una persona que dóna ordres. Tu, Miquèla, saps perfectament com es pot curar la meva cama. Fes-ho! I tu, Bernard, no em miris amb aquesta cara! ¿Que et penses que estem jugant a lladres i serenos?

La Miquèla l'esguardà amb odi mentre el Bernard reaccionava encara davant aquelles paraules del Georges amb el seu tímid somriure amb la boca torta, però estic segur que en el seu interior havia començat a comprendre i que, més tard o més d'hora, acabaria posant-se de la nostra banda en el conflicte que es congriava. Així mateix devia veure-ho la Miquèla, la qual, en comptes de dir-li: «Mira quina mena d'individu tens per amic, que es permet d'amenaçar la teva germana davant dels teus nassos», va limitar-se a mirar-lo, i el Bernard, avergonyit, va haver d'abaixar la vista a terra.

—Necessito uns bastonets i unes benes —va dir secament.

—Bernard, talla uns bastonets de la mida que t'indiqui la Miquèla i dóna-li les benes, ràpid!

Aleshores vaig quedar sol a la tenda amb el Georges. No tenia pas la intenció d'adreçar la paraula a aquell monstre que s'atrevia a amenaçar amb una pistola els qui fins aleshores havien estat els seus companys i amics. D'altra banda, el meu cervell giravoltava sense fre buscant una sortida a la situació en què ens trobàvem i lamentant haver deixat l'escopeta al portaequipatge del cotxe. Però ell va dir, com si parlés per a ell mateix:

—No teníeu cap necessitat de ficar el nas en aquest assumpte.

Vaig estar a punt de contestar-li que el que havia de fer era agrair la nostra preocupació i ajuda, però vaig aconseguir de mossegar-me la llengua.

—Però no hi ha mal que per bé no vingui —va continuar monologant—. Tu i el Bernard em portareu amb baiard cap a França.

—Desvarieges —no em vaig estar de dir-li—. Es veu que no has passat mai pel camí del port de Boet.

Em va mirar, dubtós.

—Hi ha trams —vaig seguir— en què no tindràs altre remei que caminar amb les teves cames, si vols recolzant-te en un de nosaltres o en un bastó, però en qualsevol cas, amb els teus dos peuets tocant a terra.

Va acusar el cop, recordant, sens dubte, el dolor que havia patit recorrent els escassos metres que separaven la tenda de la roca que els servia d'amagatall.

—Malgrat tot, passarem el port.

—No solament no passaràs el port, sinó que aconseguiràs que et detingui la guàrdia civil, cosa que, de fet, no solament no m'importa, sinó que seria de desitjar, si no fos que amb tu també detindran el Bernard i fins i tot nosaltres no ens escaparem, al principi, de l'acusació de complicitat.

—No dubtis pas que, si m'arribessin a detenir, aquesta acusació, jo la recolzaria en la meva declaració.

Així, doncs, no negava ser l'autor del robatori!

—No es podria esperar menys d'un porc com tu!

El Georges, amb els ulls guspirejant de ràbia, m'apuntà amb la seva pistola, amb el dit al gallet.

—No siguis ximple, no disparis! —vaig dir en el moment que el Bernard i la Miquèla tornaven a entrar a la tenda, estupefactes.

—El valent m'està demanant clemència! —digué sarcàstic.

—Baixa l'arma i deixa't estar de clemència i de rucades! Si dispares tindràs la guàrdia civil aquí abans de mitja hora. N'hi havia dos *jeeps* plens a l'esplanada del refugi, i des de la pica n'hem vistos amb els prismàtics per tots els racons –em vaig empescar improvisant, i vaig continuar en el to més persuasiu de què vaig ser capaç–: T'ho he dit abans, anem tots amb la mateixa barca i, o bé ens salvem tots, o cap. La millor solució seria que ens lliuressis la imatge i jo i la Miquèla ens ocuparíem de retornar-la sense que mai es pogués saber l'autor del robatori. Immediatament donaríem avís perquè et vinguessin a recollir i et portessin a l'hospital de Tremp, i així tindries totes les garanties de ser curat adequadament.

Em mirava com si li proposés una ensarronada, com si el que volgués fos quedar-me amb els beneficis del robatori.

–Has de fer-te la idea, Raimon, que aquí mano jo. I mentre mani jo, aquesta imatge que hi ha dintre d'aquest sac no serà lliurada a ningú, absolutament a ningú, si no és en canvi dels dos-cents mil francs que me n'han promès.

Ja m'ho pensava, que no acceptaria aquella proposta, però encara tenia un altre roc a la faixa. No el vaig treure fins que la Miquèla va haver acabat de travar-li l'os de la cama per mitjà dels bastonets i de les benes que, sense cap mena de dubte, procedien de la farmaciola del refugi. Vaig dir:

–Prova de donar la volta a la tenda caminant.

–Ni pensar-ho! –va saltar la Miquèla–. Has d'estar uns quants dies estirat sense fer cap força amb aquesta cama, perquè la immobilització que s'aconsegueix amb els bastons i les benes no és perfecta com amb el guix, i si l'os fa el més mínim moviment, no se't curarà mai.

El Georges, malgrat tot, va incorporar-se recolzant-se en el Bernard i va fer la volta a la tenda penosament.

Quan va tornar a entrar estava lívid. Aleshores vaig pensar que potser jo estava fent el préssec deixant-me manar per un invàlid i que potser ja havia arribat l'hora d'arrabassar-li la pistola i començar a donar les ordres jo. Però encara no havia esgotat totes les possibilitats de dur-lo cap on jo volia per les bones. Calia esperar.

—¿Quants dies creus que he de fer de repòs, abans de començar a moure'm un xic? —va dir el Georges, abatut.

—Una setmana, més o menys —va contestar-li la Miquèla.

—Aleshores no podem romandre tants dies al bell mig d'aquest prat, fent torns de guàrdia dalt del turó i amagant-nos darrera la roca cada vegada que passa algú —vaig dir—. Aquí a prop hi ha un amagatall perfecte on podries recuperar-te els dies que calgui, fins que estiguis en condicions de poder passar el port.

—On? —va dir el Georges.

—Al congost de Sarri. És totalment desconegut i infranquejable. No consta a cap guia, l'única referència escrita és un article que va ser publicat en un butlletí del CEC de l'any 1933 i que va passar totalment desapercebut.

—No em diràs que ets l'única persona que el coneixes!

—Per què no? El meu pare, que ho sabia tot respecte al Pirineu i que tenia una biblioteca excursionista completíssima, me'n va parlar l'any passat i vaig voler anar-hi. Et puc assegurar que feia més de quaranta anys que ningú no hi havia posat els peus.

—Hi ha llibre-registre de visitants, és clar!

—El que hi ha són diverses cascades que s'han de baixar fent *rappel* i, per tant, qui hi passa ha de deixar abandonats a la paret burins i baguetes. Doncs bé, els que hi havia eren inservibles de tan vells. Segurament eren els mateixos que havia fet servir l'autor de l'article l'any 1933.

—És lluny? —em va dir encara, reticent, el Georges.

Vaig obrir de bat a bat la porta de la tenda i, aleshores, vaig dir assenyalant amb la mà:

—¿Veieu aquell torrent que ve del sud, de la banda del Monteixo, i desemboca al riu una mica més amunt d'aquí on som? És el torrent de Sarri. Al principi és fàcil de remuntar, però un quilòmetre aigua amunt la vall es va estrenyent fins convertir-se en un congost de parets verticals i altíssimes de pedra, que en alguns llocs no té pas més d'un metre d'amplada. Més enllà és impossible de poder continuar remuntant-lo, ja que encara que hom volgués fer-ho pel llit del riu, trobaria barrat el pas per unes cascades de més de deu metres d'alçada.

—Aleshores, com hi podrem entrar nosaltres? —va dir la Miquèla.

—Arribats al punt on he dit, cal apartar-se del torrent i, seguint per la muntanya, anar a buscar l'altre extrem del congost. Aleshores s'hi pot entrar i es pot recórrer tot seguint el curs de l'aigua, amb l'ajuda d'un bot inflable pels trams profunds i unes cordes pels *rappels* de les cascades.

—I d'on traiem nosaltres tot aquest material? —va dir el Georges.

—Porto tot el que es necessita al portaequipatge del cotxe.

El Georges encara no n'estava ben convençut, tot i que no semblava que li desplagués del tot la idea.

També a ell li devia suggerir alguna idea que s'avenia amb els seus plans, aquell amagatall.

—I què hi farem dins el congost? ¿Viure a l'aigua com les truites? —va dir.

—Cap a la meitat s'eixampla i hi ha un prat magnífic a la vora de l'aigua, en el qual podem acampar, absolutament aïllats del món exterior.

Érem a mitja tarda i el temps continuava excel·lent, sense cap núvol. El Georges no deia res. ¿Potser l'havia convençut?

—Hauríem de fer el següent —vaig continuar—. Tornem a portar el Georges rera la roca. Aleshores, mentre el Bernard desmunta la tenda i prepara el baiard, jo i la Miquèla anirem al cotxe a buscar el bot, les cordes, els queviures i tot el que faci falta per a una acampada d'uns quants dies.

—No corris tant, que cauràs! —va dir el Georges—. Ho farem d'aquesta altra manera. Preparareu primer el baiard i desmuntareu la tenda. Després ens traslladarem a la boca del congost i quan es comenci a fer fosc el Bernard t'acompanyarà al cotxe. Et serà més útil que la Miquèla per transportar el material. Ella es quedarà.

Així, doncs, volia retenir la Miquèla com a ostatge en previsió que jo no pogués trair-lo!

—D'acord —vaig dir, en el fons satisfet pensant que havia aconseguit de portar el Georges cap on jo volia i que s'obrien davant meu uns dies de coll durant els quals podria trobar, amb l'ajuda de la Miquèla i potser del Bernard, una solució satisfactòria a aquell afer.

4

GALILEU I AFRODITA

Em sembla ara que aquells dies no vaig dormir mai. Els esdeveniments sovintejaven, s'encavalcaven els uns sobre els altres, no hi havia manera d'encabir-los en el curt termini d'un dia i anaven envaint les hores de la nit, del descans. Tant, que quan la Miquèla em va despertar la matinada del dissabte, em va costar molt de pujar al nivell de la realitat des del profund son a què m'havia lliurat aquell vespre, ben convençut que per fi podria dormir tant com volgués.

Vaig percebre de seguida que era ella qui em despertava, malgrat que la foscor de la nit ennuvolada no permetia de distingir les faccions i que ella no va dir ni una sola paraula. Agenollada al meu costat, em feia signes que m'aixequés i que la seguís en silenci.

Aleshores vaig veure la silueta immòbil del pobre Bernard, assegut cap cot sobre una pedra, fent la guàrdia nocturna que li havia encomanat el Georges. Aquest dormia a la meva esquerra, dins el seu sac en el qual havia introduït la seva pistola, desconfiat. Més enllà, les dues tendes, que aquella nit no havíem volgut utilitzar, a causa de la xafogor.

Per fi vaig aconseguir, amb esforç, de llevar-me i em vaig deixar portar de la mà de la Miquèla cap a l'extrem nord d'aquell prat, situat a l'esquerra del riu, quasi al centre exacte del congost de Sarri.

Teníem tantes coses per dir-nos! Des de la tarda del dijous no havíem pogut parlar amb llibertat tots dos sols, vigilats tothora pels ulls grisos del Georges i atents també nosaltres que les nostres paraules no descobrissin a l'adversari que, malgrat representar el paper de sotmesos, estàvem a punt d'aconseguir el nostre objectiu: rescatar la imatge i salvar el Bernard de la presó. Però la primera i més important cosa a dir-nos no tenia traducció en paraules, ens la vam expressar mútuament besant-nos i lligant-nos en una forta abraçada.

—He parlat amb el Bernard —va dir després la Miquèla—. Està d'acord que cada nit puguem parlar una estona tots dos sols, mentre està fent guàrdia, sense que se n'assabenti el Georges.

—Es nota un canvi en el teu germà, oi?

—Sens dubte.

—¿Creus que estaria disposat a col·laborar amb nosaltres?

—Depèn de què li demanéssim.

—Fer els ulls grossos mentre jo desarmo el Georges, quan dorm.

—No dius res! No, no crec que estigui encara prou madur per a això que proposes.

—Per què no ho provem?

—No descobreixis els teus plans abans d'hora, Raimon. Més endavant poden ser factibles i fins i tot interessants. Però ara aquí estem segurs i no cal tenir pressa.

—Sí, corre pressa, Miquèla. Dimecres a la nit vas dir

a les teves companyes que tornaries demà passat, és a dir que ara, en aquesta hora, ja hauries d'haver arribat a Sort.

—Ja ho sé, precisament d'això volia parlar-te. Demà, quan vegin que no he arribat durant la nit, no tindran els miraments que vaig tenir jo quan van desaparèixer aquest parell de galifardeus. Aniran de dret a telefonar als meus pares i armaran un enrenou de mil dimonis que hem d'evitar sigui com sigui.

—A més —vaig dir jo, satisfet de veure com s'acostava al meu punt de vista—, aquí correm un risc amb què jo no comptava pas: els escurçons. Ja sabia que n'hi havia, ho deia aquell vell article del Butlletí del CEC i ho vam poder comprovar l'any passat amb el pare, però no pas amb tanta abundància com enguany! Si tu, el Bernard o jo resultem picats per l'escurçó, els altres dos que quedin, o quedem, sans no podran de cap manera portar l'afectat a temps al metge per poder salvar-lo.

La Miquèla quedà uns instants pensativa. Evocava sens dubte les vuit llargues hores d'esforços d'aquell matí: transportar amb baiard el Georges, que pesava més que el Bernard i que jo, estones sobre pedra, estones amb aigua fins al genoll i estones navegant amb el bot inflable, en el qual només cabien dues persones, cosa que obligava a fer més d'un viatge cada vegada, i el que era pitjor, les cascades, algunes de més de vint metres de desnivell, que s'havien de franquejar construint un *rappel* a la paret del congost, rocosa però sense escletxes...

—És evident que has d'anar immediatament a Sort, Raimon. Cal portar urgentment sèrum contra la picada d'escurçó. I cal tranquil·litzar les companyes i companys de la manera que puguis; hauràs de buscar, mentre camines o condueixes sol, una bona excusa per a justificar la nostra tardança...

No em feia gens de gràcia aquella travessia, sol, a les fosques, sense haver dormit, amb el risc de trepitjar involuntàriament algun escurçó i rebre la corresponent mossegada mortal, fins i tot amb el perill de ser detingut per la guàrdia civil i, en conseqüència, de deixar-los a ells presoners del congost en una impacient espera que només s'acabaria si jo delatava l'amagatall..., però la Miquèla tenia raó, no teníem cap més sortida... si no fos que agafés l'escopeta que tenia dins la motxilla (l'havia portada la nit anterior quan havíem anat amb el Bernard a buscar material i queviures al cotxe), despertés el Georges refregant-li la punta del canó pel nas i li exigís de sortir del sac amb les mans enlaire. Aleshores ja podríem marxar tots plegats del congost, el Bernard cap a França, el Georges cap a l'hospital i nosaltres a retornar la imatge al primer capellà que trobéssim, sota secret de confessió... Sí, era bonic tot això, però tenia un inconvenient: jo era incapaç de disparar sobre el Georges, perquè ni volia fer mal a ningú ni volia embolicar-me més del que ja ho estava davant l'administració de justícia, i això ell, el Georges, ho sabia. ¿Quina por podia inspirar-li, llavors, la meva escopeta?

Vaig fer un gest denegatori amb el cap, mentre rebutjava aquest pla desencertat, i la Miquèla va dir:

—No hi vols anar?

—Perdona, Miquèla, és clar que sí. Estava barrinant un altre projecte però no serveix.

—Digues-me'l!

—No, Miquèla, pensaries que llegeixo massa novel·les policíaques americanes, i tindries raó. Deixem-ho córrer i anem per feina. Necessito una corda, una baga, dos mosquetons, baguetes, dues clavilles, el burinador, pitonisses de burí i el martell. Us deixaré a vosaltres el bot, l'altra corda i la instal·lació feta per als *rappels*. Així, si us cal sortir del congost per alguna emergència, ho tindreu tot a punt. Jo passaré els gorgs nedant, amb el vestit isotèrmic, que d'altra banda em protegirà contra la picada de l'escurçó.

Els ulls negres de la Miquèla em miraven complaguts, transparents d'aprovació. Jo vaig continuar:

—Em sembla que seria millor que hi anessis tu, Miquèla, a buscar tot aquest material que he dit, a la tenda. Inspiraràs menys desconfiança al Bernard.

—Tens raó. Ara que, si es fa necessari, li diré ben clarament el que pensem fer. No pot oposar-s'hi de cap manera! —va dir convençuda, amb energia.

—Com et sembli. El vestit isotèrmic el trobaràs dins la meva motxilla, al costat de l'escopeta.

—L'escopeta?

—No te n'havia pogut parlar encara, perquè no ens han tret l'ull del damunt en tot el dia. La vaig portar ahir vespre del cotxe. Hauries de fer els possibles, mentre jo sigui fora, per evitar que el Georges la descobreixi.

—Entesos, torno de seguida amb tot el que has dit.

Vaig quedar sol. Els meus ulls s'havien adaptat a la foscor i ara podia veure força bé el paratge que m'envoltava: el riu, poc cabalós, que s'endinsava en el segon tram del congost, des d'on m'arribava, llunyana, la remor de l'aigua saltant per la cascada; a la meva dreta, el prat, amb les siluetes punxegudes de les tendes i, al davant, a l'altra banda del riu, la boca d'aquell estrany túnel que havíem descobert aquella mateixa tarda i que inicialment vam suposar que pertanyia a alguna obra hidroelèctrica abandonada.

Però després, pensant-ho bé, em vaig adonar de la poca consistència d'aquella hipòtesi. Perquè l'obra era molt antiga, sens dubte anterior a la publicació, l'any 1933, de l'article abans esmentat, però tampoc no podia ser d'abans de la segona dècada del segle, si es tractava realment d'un túnel hidroelèctric. En efecte, si hagués estat així, quan es va escriure l'article, l'obra hauria estat recent i per tant l'autor n'hauria d'haver parlat, ni que fos de passada. Doncs bé, no en deia ni una sola paraula.

D'altra banda, ¿què n'haurien fet de la runa treta del túnel, en un lloc com aquell, inaccessible per a carruatges i fins i tot animals de bast? Només hi havia una resposta possible a aquesta pregunta: treure-la per l'altre extrem; però resultava que, cap aquella banda, segons el mapa, només hi havia una extensa i encara més impenetrable regió muntanyosa que s'estenia fins a la frontera andorrana...

I encara hi havia un altre misteri, del qual no havia parlat amb ningú per evitar que arribés a les orelles del Georges. Quan vam descobrir el túnel, ens hi vam internar un tros, però jo vaig arribar més endavant que la Miquèla i el Bernard, fins a un lloc en què ja vaig necessitar la llanterna per veure-m'hi. Aleshores, enfocant el llum cap al fons, vaig veure que, no gaire més endavant, el túnel es bifurcava i, com que ja m'havia allunyat massa dels altres, vaig decidir de tornar enrera, però vaig quedar parat en sec en veure que allí, en el terra fangós del túnel, hi havia unes petjades humanes. Vaig introduir el peu dins d'una, ja que em semblava molt grossa, i vaig comprovar que, efectivament, el seu autor calçava ben bé un quaranta-cinc. D'altra banda, la petjada semblava força recent. Així, doncs, no érem sols al congost, cosa que no s'avenia gens amb l'estat de conservació dels *rappels*, que sense cap mena de dubte feia desenes d'anys que no havien estat utilitzats. Vaig retornar, pensarós, i en veure que a mesura que m'anava acostant a la sortida el terra esdevenia pedregós i no s'hi advertien les petjades, vaig decidir callar el que havia vist.

La veu de la Miquèla em va treure de les meves cavil·lacions:

—Em sembla que ho porto tot. Fins i tot una llanterna que no m'havies demanat.

—Se'm mullarà nedant!

—No és pas per a tu!

—No?

—No, és per a mi. Vull acompanyar-te fins a la primera cascada.

—Molt bé; però, i el teu germà?

—Està adormit com una soca! —va dir enriolada.

Aleshores jo, que aquell dia tenia ganes de ficar els peus a la galleda, al final ho vaig aconseguir.

—De debò? Aleshores ha arribat l'hora de posar fi a aquest malson. Me'n vaig ara mateix a desarmar el Georges!

La Miquèla em va mirar desanimada, com el mestre que ha explicat una cosa deu vegades i l'alumne encara no l'ha entesa.

—Per què t'entestes a fer d'heroi de novel·la, Raimon? Deixa'ls dormir en pau i aprofita l'ocasió per marxar cap a Sort sense cap entrebanc!

—No t'entenc, Miquèla! Quan vaig portar el Georges al congost, la meva idea era guanyar temps esperant que es presentés una ocasió com aquesta. ¿Per què l'hem de desaprofitar? ¿Qui ens assegura que, en el transcurs de la setmana que ell tardarà a recuperar-se, se'ns en tornarà a presentar una altra de tan bona?

—És que el Georges no es recuperarà en una setmana, Raimon! Jo li vaig mentir per convèncer-lo que entrés dins aquesta ratera. Però, fins i tot en el cas que la meva cura fos un èxit, no podria caminar abans de quaranta dies! El que hem de fer —va continuar en un to més baix, més persuasiu— és anar treballant el Bernard i convèncer-lo de fugir una nit amb nosaltres. Ja no em falta gaire per aconseguir-ho.

Una vegada més vaig haver de reconèixer que la Miquèla tenia raó. I que jo llegia massa novel·les.

—Anem —vaig dir només, amb la cua entre cames.

Al final del prat, el nom del qual ara no recordo ni tinc maneres de consultar, ja que encara no he pogut tornar a la casa de Puigcerver on guardo aquell interessant article de l'any 33, el congost recomença amb la mateixa estretor: posant-s'hi al mig i estenent els braços en creu, hi ha molts llocs en què es poden tocar les dues altes i tortes muralles de pedra que s'alcen a cada banda. No cal dir que aleshores, a tres quarts i mig de dues d'aquella inoblidable matinada, no em vaig entretenir a comprovar-ho, atent com estava que no hi hagués cap escurçó en el cercle de llum que feia la llanterna.

Caminàvem sobre un pla inclinat, de pedra, que arraconava cap a la dreta el curs de l'aigua, que quedava reduït a una amplada no superior a dos pams, però que tenia una profunditat i un corrent considerables. Més avall l'aigua envaïa tota l'amplada del congost. Però, com és natural, allí la profunditat era menor, i per això la Miquèla, descalçant-se les xiruques, que es va penjar a les espatlles, i posant-se les sabatilles, va poder continuar endavant.

Després, en un revolt, l'aigua torna a acostar-se a frec de paret, deixant a la seva dreta un camí ben espaiós. Mentre observava la Miquèla com es tornava a posar les xiruques, no em podia estar de pensar que ella estava corrent un risc innecessari. Cal afrontar el risc amb coratge quan és inevitable, com ho havíem fet tots dos el dia del temporal a la Pica d'Estats. Però ara, la Miquèla, que hauria de tornar sola des de la cascada al campament, s'estava arriscant sense que el seu atreviment servís per a res més que per donar-me un suport moral que agraïa, que m'afalagava, però que no era imprescindible. Vaig estar a punt de dir-li-ho, però, afortunadament, em vaig saber mossegar la llengua.

En efecte, caminant, va arribar un moment en què el soroll de la cascada, que se sentia cada vegada més a prop, va canviar sobtadament de tonalitat i, parlant en termes físics, diria que també de timbre.

—Parem-nos —vaig dir a la Miquèla.

Llavors vaig enfocar amb la llanterna cap enlaire i vam poder veure com allí el congost havia esdevingut túnel. Havíem entrat ja en l'únic tram subterrani, i l'estrèpit del saltant d'aigua que hi ha a la sortida de la foradada ressonava en el sostre i en els nombrosos racons que presentaven les parets laterals. Vaig abaixar a poc a poc la llanterna intentant il·luminar la sortida, i aleshores em va semblar notar, cap al final del túnel, una ombra que es movia. Devia ser la d'algun animal que fugia de la nostra presència, i per això no vaig ferne cas i vaig tornar a enfocar el lloc on havíem de posar els peus, per culpa dels maleïts escurçons. Però uns metres més endavant em va picar la curiositat i vaig tornar a enfocar la boca de sortida. I llavors vaig veure clarament una ombra, d'una alçària i un embalum considerables, que s'amagava altre cop en un dels entrants que feia la paret d'aquell túnel natural.

—Has vist, Raimon?

—Sí. És molt estrany. Si el que hem vist és un animal, només pot ser l'óssa. No sé com pot haver arribat fins aquí...

(Els pallaresos no diem mai l'ós, sinó l'óssa. T'ho aclareixo, amic lector, perquè et pot haver estranyat aquesta expressió.)

—És perillosa?

—En aquest cas, sí, ja que no pot fugir perquè la cascada li barra el pas, i un animal acorralat és sempre perillós, perquè no li queda cap més solució que lluitar per poder salvar-se. És clar que potser no és un animal... —vaig dir pensant en les petjades del túnel del prat.

—Què podria ser, si no? —va dir la Miquèla, agafantme pel braç temorosa.

—Una persona.

—Un home? Com pot haver entrat al congost? ¿Com

pot haver passat davant del Bernard que feia guàrdia sense que l'hagi vist?

—Pot haver entrat pel túnel que vam descobrir ahir a la tarda. Hi havia petjades humanes, recents —vaig revelar.

—Així, aquell túnel porta a algun lloc!

—No hi veig cap més explicació, malgrat que a la vista del mapa això és impossible.

Les nostres veus ressonaven en la volta de pedra del sostre i arribaven sens dubte a la figura desconeguda, fos home o bèstia, que no es movia, silenciosa, del racó on s'havia amagat.

De sobte, una llanterna molt més potent que la nostra ens enlluernà, i una veu agradable i amistosa ens va dir en un català molt acurat:

—Acosteu-vos, no tingueu por, no us volem fer cap mal!

Jo i la Miquèla vam mirar-nos un instant en silenci, dubtant. Aleshores jo vaig dir:

—Si és així, apagueu la vostra llanterna perquè us puguem veure!

—D'acord! —va contestar la mateixa veu, però encara va trigar una mica a apagar-la.

Llavors, a no pas més de trenta metres davant nostre, es van fer visibles. Eren un noi i una noia. El noi, d'uns vint-i-cinc anys, era altíssim, em va fer pensar de seguida en un jugador de bàsquet i també en el *David* de Miquel Àngel. Portava únicament un banyador i una bossa penjada a l'esquena. Era més aviat ros i el rostre el tenia rude però bell, si he de fer cas de l'admiració amb què el contemplava la Miquèla. Ella era més baixa, però no gaire, ja que encara pujava un bon tros més que jo i que la Miquèla. Anava també amb banyador, encara que només amb la part inferior del bikini, i portava una bossa, igual com la del seu company, a l'esquena. La perfecció del seu cos era també escultural, només els pits, tubulars, allargats, s'apartaven un xic dels cànons escultòrics.

Vam acostar-nos-hi i quan vam ser al seu costat ens vam adonar encara més de la nostra petitesa en comparació amb ells. Ell passava dels dos metres i ella feia ben bé un metre vuitanta.

Ens vam donar la mà i ell va dir:

—Aneu congost avall, oi?

—Sí.

—Podem anar junts? Aquesta corda que porteu pot ser molt útil per passar la cascada que hi ha a la sortida d'aquest túnel!

Els volia fer tantes preguntes: qui eren, d'on venien, per què s'amagaven..., que no sabia per quina començar. Al final vaig dir només:

—Però, com pensàveu passar la cascada sense cap corda?

—Si no sabíem que n'hi hagués cap, de cascada! Només sabíem que pel congost passava un riu, que hi havia trams que s'havien de passar nedant i que les vores eren infestades d'escurçons.

—Que no sabíeu que hi havia cap cascada? Però si per arribar on som ja se n'han d'haver passades unes quantes!

—Sí? Nosaltres fins ara no n'hem trobada cap!

Aleshores vaig tornar a pensar en les petjades del túnel del prat...

—Vejam si ho entenc —vaig dir—; vosaltres, ¿per on heu entrat al congost?

Es van mirar, com dubtant si contestar, però en aquell mateix instant es van sentir unes veus i uns passos enèrgics que s'acostaven a l'entrada de la foradada. El noi alt va dir, imperiosament:

—Veniu! Seguiu-me!

Es va ficar en un entrant que feia la paret i es va anar enfilant de quatre grapes per un forat força estret i costerut que hi havia al fons. Nosaltres el vam seguir i ens vam encabir amb dificultat en un replà des del qual podíem veure per una estreta escletxa el lloc on érem abans, ara il·luminat per les llanternes dels qui havien entrat al túnel.

Vam sentir com una veu segurament acostumada a ser obeïda deia:

—Aquest tram té molts amagatalls. Busqueu bé sense perdre el temps!

Aquella veu ens arribava nítida, molt a prop nostre, i el noi va fer signes que ens arrupíssim més, que intentéssim d'ocupar el mínim volum possible. La Miquèla s'acostà a mi, i el meu braç, ben involuntàriament i inevitable, fregava un pit de la noia alta.

Quan el nostre amagatall s'il·luminà, tots ens vam aguantar la respiració. Però, per sort, el raig de llum no ens va abastar, i uns instants després vam tornar a quedar a les fosques.

La veu autoritària, segurament del cap de l'escamot, es va tornar a sentir terriblement pròxima:

—Espero que aquest ximple del Galileu s'hagi endut sèrum contra la mossegada d'escurçó.

—Segur —li va contestar una altra veu—. L'Afrodita se

li ha begut l'enteniment, però per la resta saps molt bé que el teu fill no sol badar mai.

Les dues figures van passar un instant per davant de l'escletxa i vaig poder veure que eren soldats o policies. El seu uniforme verd fosc no era pas el de la policia andorrana i en canvi, inexplicablement, parlaven en català!

Després d'una estona, que ens va semblar molt llarga, vam tornar a sentir, ja més allunyada, la veu del cap:

—No perdem més temps aquí, si no, aquest parell ens volaran. Prepareu les cordes i el bot!

Vam restar encara una bona estona quiets i en silenci, fins que va semblar-nos que el túnel era totalment en calma.

Aleshores vaig dir al noi alt:

—M'agradaria d'entendre tot això que ha passat, Galileu. Perquè, tu ets el Galileu de qui parlaven, no?

—Sí, sí, i la meva companya l'Afrodita, i el qui manava els policies, el meu pare, que com deveu haver comprès vol evitar que fugi de Dòsia, i si badem, ho aconseguirà. Només ens poden salvar aquests instruments d'escalada que porteu. A propòsit, companys, no sabem encara el vostre nom!

—Raimon —vaig dir jo.

—Miquèla —va dir ella mateixa.

—Doncs bé, Raimon i Miquèla, em sap greu d'haver de dir-vos que esteu en tant de perill com nosaltres mateixos. Si us topeu amb els policies del meu pare, us faran presoners, i no podreu sortir mai més del meu país.

—Per què? —va dir la Miquèla.

—Dòsia és un país secret, no figura als mapes i la seva

existència no pot ser divulgada. La manera d'aconseguir-ho és retenir per sempre més tota persona que voluntàriament o involuntària la descobreixi.

—Aleshores, si els policies han vist el Bernard i el Georges els hauran fet presoners? —va dir la Miquèla.

—Sens dubte. On eren aquests amics?

—Acampats al prat.

—Em temo molt que en aquests moments són dins el túnel que porta a Dòsia, però de totes maneres, ho sabrem de seguida. Hem de recular fins al prat i intentar sortir del congost per l'altre extrem.

Vam sortir de l'amagatall i vam tornar enrera, ara a les fosques. Ho havíem de fer perquè en el lloc més inesperat podíem trobar-nos amb una patrulla i ens hi podíem exposar perquè sabíem que el Galileu portava sèrum.

La Miquèla restava silenciosa, neguitosa, sens dubte pensant que potser amb la seva prudència havia estat la culpable que els esdeveniments s'escapessin definitivament del nostre control. Ara teníem els companys de Sort patint, els pares d'ella a punt d'assabentar-se de la desaparició dels dos fills, el Bernard possiblement presoner i nosaltres, cansats i sense dormir, a punt de ser caçats en aquella ratera.

Abans d'internar-nos al prat, vam assegurar-nos que no hi hagués cap policia fent guàrdia. Llavors vam avançar cap a les tendes, però ni en aquestes ni dins els sacs de dormir no hi havia ningú.

5

L'ACORDIONISTA CEC

La Miquèla, sempre tan coratjosa i optimista, estava ara ensorrada, gairebé plorosa, de ràbia. Tots els nostres esforços per evitar que el Bernard anés a parar a mans de la justícia no solament havien estat inútils, sinó que havien empitjorat la situació i serien qualificats de temeraris o insensats per les persones grans, les úniques amb dret a equivocar-se. Estava tan retuda que en arribar al gorg que hi havia sota la primera cascada va exclamar:

—És inevitable! Haurem de recórrer a la guàrdia civil! Ja no tenim cap més solució per salvar el Bernard.

—Ni pensar-ho! —va saltar el Galileu—. Jo us ajudaré a rescatar el vostre amic, però amb una condició: res de guàrdia civil! Res de policia!

En el fons, aquelles paraules no l'havien pas de desplaure, a la Miquèla. Però ella estava tan abatuda, que no tenia ni ànims per il·lusionar-se amb el bri d'esperança que aquells mots comportaven. Va dir només, fredament:

—Per què?

—Si ho féssiu, tres persones ho pagarien amb la seva vida: el pare i els dos germans de l'Afrodita.

Jo i la Miquèla ens el vam quedar mirant astorats. Ell va continuar:

—Segons una llei vigent a Dòsia, queden automàticament condemnats a mort tots els familiars, fins al segon grau de parentiu, d'aquells que revelin a l'exterior l'existència del nostre país. Tot el pes d'aquesta llei cauria sobre els familiars de l'Afrodita. En canvi, el meu pare, que és el president de Dòsia, no crec que sigui tan idiota per signar la seva pròpia sentència de mort.

(T'estranyarà potser, amic lector, que jo, amb aparent irresponsabilitat, transcrigui les revelacions del Galileu, les quals podrien reportar als familiars de l'Afrodita tan terribles conseqüències si algun exemplar d'aquest escrit anés a parar a Dòsia. Però ja veuràs més endavant que no cometo cap imprudència.)

—Quina injustícia! —vaig exclamar—. Una persona només pot ser castigada pels seus actes, mai pels dels seus familiars, per propers que siguin!

—Evidentment, però els fundadors de Dòsia, els qui van fer les lleis, tenien molt pocs escrúpols morals i jurídics, i amb aquest precepte creien poder assegurar que es mantindria el secret de l'existència del país, malgrat les contínues desercions cap a l'exterior.

—I per què fuig la gent? Per claustrofòbia?

—Ai ca! Per la gent que hi ha, el país és força gran i és bell com un parc ben arreglat. Ja tindràs ocasió de comprovar-ho quan vagis a rescatar els teus companys. Les fugues, unes quantes desenes cada any, es produeixen només per raons amoroses i polítiques.

—Quines raons amoroses i polítiques? —va dir la Miquèla.

—De seguida ho entendreu —va continuar el Galileu—.

A mitjan segle passat un tal Ramon Ferrer, que passava com jo dels dos metres d'altura, amb tres ximples altíssims més i les corresponents dones, elles de més d'un metre noranta, va instal·lar-se en l'inaccessible lloc que avui és Dòsia amb la folla intenció d'aconseguir una raça d'homes de més de dos metres d'alçada. Aquelles quatre famílies van tenir molts fills, alguns dels quals van ser, efectivament, de la mida desitjada pels pares, però molts d'altres no hi van arribar. Aleshores, per garantir la continuïtat de l'experiment, els fundadors van determinar que només podien tenir fills aquells matrimonis formats per un home de més de dos metres i una dona de més d'un metre noranta. Tant l'home com la dona fruirien aleshores de plens drets polítics, és a dir, serien ciutadans de Dòsia i anomenats dosos. En canvi, els homes i les dones que no assolissin aquelles alçades podrien casar-se, però no tenir descendència ni cap dret polític.

Aquesta llei, contra el que us pugui semblar, no va provocar gaires conflictes entre els no-dosos. Els lligams familiars (quasi tothom tenia algun germà que no era dos) impedien que l'assemblea dels que tenien drets polítics legislés en detriment dels que no en tenien. D'altra banda, la proporció de dosos anava augmentant amb el temps, fins arribar a ser majoria i fer inviable una hipotètica revolta dels no-dosos, els quals no es mostraven pas disconformes amb la discriminació que patien, ans al contrari, col·laboraven i fins i tot alguns tenien situacions de privilegi, com la de pertànyer a la policia exterior, que era, i és encara, utilitzada per a les freqüents missions fora del país, pel fet que els dosos, si anaven en grup fora de Dòsia, cridaven massa l'atenció per la seva alçària... Però els conflictes van venir quan un dos o una dosa s'enamorava d'una persona que no n'era. Si el matrimoni es consumava, el dos perdia la seva condició de tal. Això va fer que aquesta classe de matrimoni fos rebutjada popularment com a denigrant, i aquell que s'atrevia a prescindir del que diran era víctima de tota classe de burles i maltractaments durant la resta de la seva vida i, per això, si podia, intentava fugir del país. Gairebé totes les fugues són degudes a aquesta causa.

—Vosaltres també heu fugit per això? —va dir la Miquèla.

—Sí —va contestar l'Afrodita—. Jo no sóc dosa, només faig un metre vuitanta-dos.

Per superar les cascades ho fèiem així: el Galileu i jo pujàvem al bot, ens adreçàvem fins exactament a sota d'on jo havia deixat el burí fixat a la paret i llavors ell s'enfilava escalant, amb molta rapidesa i depurada tècnica, fins a la cornisa. Des d'allí llançava la corda i pujàvem primer les nostres dues motxilles i el sac amb la imatge d'Avellanui (els policies no havien tocat cap objecte del nostre campament, fins i tot vaig trobar la pistola del Georges, al fons del seu sac). Després ens enfilàvem nosaltres per la corda i jo abans lligava l'altre extrem al bot, per poder recuperar-lo des de dalt.

D'aquesta manera, en dues hores i mitja vam poder sortir del congost. Aleshores vam estirar-nos fatigats sobre l'herbei, orgullosos de la nostra ràpida cursa i lliures per fi del malson dels escurçons, que a l'alba i al capvespre és quan són més perillosos, i l'abundància dels quals era artificial, resultat de periòdiques repoblacions que manaven fer les autoritats de Dòsia, segons que ens revelà el Galileu.

—Explica'ns el teu pla per rescatar el Bernard —li va dir impacient la Miquèla, que ja tornava a semblar la de sempre després d'aquella furiosa cursa congost amunt.

—En realitat —va dir el Galileu—, hauríem de rescatar no solament els vostres companys, sinó també els familiars de l'Afrodita, perquè tinc por que el meu pare no es vulgui revenjar en ells. Caldrà que tu, Raimon, entris a Dòsia. Això, normalment, seria molt difícil, perquè el túnel és en realitat un laberint ple de trampes mortals, amb la doble finalitat d'evitar l'entrada de curiosos i la sortida dels fugitius. Però com que aquests dies, a causa de la meva fuga, la policia exterior patrulla pel congost, només et caldrà deixar-te veure i de seguida et faran presoner i et portaran a Dòsia. Allí et deixaran en llibertat de moviments, perquè tot Dòsia ja és una presó, és voltada per una cinglera de més de cent metres d'alçada que només es podria pujar escalant. A la base de la cinglera, els dosos han excavat la roca per construir-hi les cases, que queden així totalment camuflades. Només n'hi ha al nord i al sud, però no a l'est ni a l'oest. Tothom, dosos i no-dosos, té dues cases, una al nord, molt assolellada, per a l'hivern, i una altra al sud, obaga, per a l'estiu. Cal, doncs, que t'adrecis al sud i entris a la casa 707, que és la de l'Afrodita. Els seus germans t'ajudaran a localitzar fàcilment els vostres amics. Llavors, demà diumenge, a les dotze de la nit, aneu tots plegats al peu de la cinglera, sota la roca de Vacamorta. Jo i l'Afrodita serem dalt del cingle i us llençarem una corda de 120 metres per pujar tots.

—Pot sorgir algun entrebanc que impedeixi d'acudir a la cita al Galileu o a tu, Raimon... —va dir la Miquèla.

—Si fallem algun dels dos, quedem citats per a l'endemà a la mateixa hora, i això tants dies com faci falta —va dir el Galileu, mentre ell i l'Afrodita començaven a vestir-se, traient la roba i el calçat d'aquella bossa de plàstic que portaven a l'esquena.

—D'acord —vaig contestar—. Però, i la corda, ¿d'on la traureu?

—D'Andorra. Aquesta mateixa tarda hi arribarem, si marxem de seguida.

Vaig mirar el cel, que continuava tapat, però que semblava que no tenia ganes de ploure. Amb tot i això, no m'agradava gens aquell temps, per passar els ports que duien a Andorra, tots del voltant dels 2.800 metres.

—Aleshores val més que marxeu aviat —vaig dir—, perquè el temps no és gaire segur i, a més, encara sou massa prop de Dòsia. I, parlant de tot, ¿de diners, ja en teniu?

—Tenim una cosa millor: or.

—Or? —vaig dir sorprès.

—És una mica llarg d'explicar i, tal com has dit, és millor no perdre temps. Quan vagis a Dòsia, ja ho comprendràs.

Es va carregar la motxilla de la Miquèla a l'esquena, amb una mica de menjar per a la travessia i la pistola del Georges, i va allargar-nos la mà dient:

—Bé, amics, a reveure! Fins diumenge a les dotze de la nit!

—I bona sort! —va dir l'Afrodita, besant-nos.

—Bona sort! —vam contestar alhora jo i la Miquèla, la qual va afegir, més baix—: Ens farà bona falta a tots!

Amb els prismàtics vaig poder veure com sis guàrdies civils sortien del *jeep,* que havien aparcat a l'esplanada encara ombrívola, al costat del meu Seat 124 blau. Amb la metralleta a la mà, van emprendre el camí del refugi i uns instants després havien desaparegut sota l'espessa arbreda de la vora del riu. Era sorprenent aquella insistència a investigar aquella vall. ¿Tenien potser alguna pista fidedigna?

Llavors jo vaig començar a baixar lentament l'inclinat coster, disposat a afrontar el risc de trobar alguna parella fent la guàrdia del vehicle, mentre la Miquèla, amb el sac a l'esquena, marxava planejant per la falda de la muntanya, amb la intenció de venir-me a trobar un parell de quilòmetres més avall, si tot anava bé.

L'esplanada, per sort, era solitària i silenciosa, llevat del soroll del riu. Vaig introduir-me en el cotxe, i una vegada al volant va semblar-me com si tot el que havíem passat aquells dos dies i aquelles dues nits hagués estat un malson. Però la Miquèla, que sortí del bosc, com havíem quedat, a la Font Tallada, em féu retornar a la realitat, a la necessitat urgent de desfer-nos d'aquella imatge comprometedora. Perquè si ens descobria la guàrdia civil portant-la, ¿com els podríem fer creure que l'anàvem a tornar, sense delatar els vertaders culpables?

D'altra banda, tampoc no la podíem amagar temporalment a qualsevol lloc, com havíem estat temptats de fer, perquè era importantíssim que la guàrdia civil s'assabentés de seguida que havia estat recuperada. Això desmobilitzaria la vigilància de les carreteres i faria passar a segon terme l'interès per la captura dels autors del robatori.

En arribar a Àreu, encara ben de matí, hi havia tres homes asseguts a les cadires de davant l'hostal, sotjant la carretera. Hauria jurat que eren membres de la policia exterior, malgrat el seu aspecte de turistes avorrits, com tots els que acudeixen als hotels de muntanya sense afició per la lectura o per caminar. En qualsevol cas, si ho eren, prou feina tenien a dissimular, i no anaven pas per nosaltres, sinó pel Galileu, el qual –aleshores me'n vaig adonar– s'exposava a tenir a Andorra un encontre desagradable amb aquells esbirros. Havia fet bé d'endur-se'n la pistola del Georges.

Vam aparcar a la plaça, prop de l'església, i vam demanar pel capellà a una vella que passava. Però ja feia anys que no en tenien, de capellà; només hi anava a dir missa els diumenges el rector d'Alins! No em feia gens de gràcia fer encara set quilòmetres més, ara ja per bona carretera, amb aquella imatge que em cremava els dits. Mentre la Miquèla se'n va anar a telefonar, jo vaig sortir del cotxe i vaig provar d'empènyer la porta de l'església. En veure que cedia, vaig entrar-hi i amb un cop d'ull vaig veure que hi havia el que necessitava. Vaig tornar al cotxe i, en un moment que no passava ningú per la plaça, vaig agafar el sac, vaig entrar dins de l'església i el vaig deixar ben amagat dins del confessionari.

Quan la Miquèla va tornar, tots dos fèiem una altra cara.

–Tot va bé –va dir la Miquèla–. Ningú no ha telefonat per res als meus pares! Els he trobats tan tranquils, que em sembla que ja ni es recorden de nosaltres!

—Què els has dit?

—Que havíem sortit d'excursió amb el Bernard i que a causa del bon temps hi havíem estat més dies dels previstos; per aquest raó podria ser que els telefonessin els companys de Sort, preocupats per nosaltres.

—Heu parlat del dia de tornada a casa vostra?

—Sí, els he dit que hi tornaríem dijous de la setmana que ve, tal com estava programat.

—Esperem que tot vagi bé i que ho puguem complir.

Vaig engegar el cotxe i vaig dir:

—Bé, ara ja només falta una gestió abans d'anar a descansar. He de confessar-me.

—Dels pecats que penses fer? —va fer ella amb un somrís.

—Encara pitjor, dels que no he fet, ¿oi que és divertit?

Al trencall de Tor hi havia la guàrdia civil, però no ens va fer parar, tal com esperava. Altrament hauria anat si haguéssim girat cap a Tor o si haguéssim anat de pujada. De tota manera, ara ja no venia d'aquí, havent-nos desprès de la imatge.

Vaig aparcar a la plaça d'Alins, entre les dues fondes. El capellà acabava la missa i tenia ganes, sens dubte, d'anar a esmorzar. El va sorprendre molt la meva urgència a voler confessar-me, precisament ara que aquest sagrament va tant de mal borràs, però hi va accedir.

—Quins pecats tens?

—El que li vull dir, mossèn, és una cosa que no he fet i de la qual, doncs, no puc acusar-me. Un amic meu va participar en el robatori de la marededéu d'Avellanui. Després d'uns quants dies he aconseguit de convèncer-lo que em confiés la imatge per restituir-la.

L'he deixada dins el confessionari de l'església d'Àreu. Li agrairia moltíssim que se'n fes càrrec i que comuniqués immediatament la troballa, sense indicar el lloc, a les autoritats.

—Quina alegria m'has donat, xiquet! La verge més venerada del Pallars, recuperada! Hi vaig de seguida, abans d'esmorzar!

Veient que la seva reacció anava per bon camí, li vaig proposar:

—Si vol, ara mateix el porto amb el meu cotxe a Àreu.

—No cal, és millor que hi vagi jo de seguida amb el dos-cavalls. Perquè si m'has lliurat la imatge en secret de confessió suposo que deu ser perquè no delati la teva personalitat a la guàrdia civil, oi? Aleshores val més que no et vegi ningú en la meva companyia.

Ja anava a aixecar-se, però va dir encara:

—¿Vols aprofitar l'ocasió per netejar la teva ànima, potser?

—Em sembla que ara com ara és neta, i a més que, sense tenir-hi cap culpa, ja m'està esperant una bona penitència! —vaig contestar pensant en la visita que havia de fer aquella mateixa nit a Dòsia.

Quan vaig trencar a l'esquerra, cap al meu prat, els ulls se'm tancaven malgrat el sol esplendorós que s'havia anat obrint pas entre els núvols, les parpelles em pesaven com un plom i de tant en tant feia, o em semblava que feia, alguna essa, com si fos talment un conductor novell o embriac.

Vaig amagar el cotxe darrera la casa en construcció, arran del riu. Era millor, perquè la meva absència d'aquells dies no devia haver passat per alt en un poble on ens coneixíem massa tots, i temia que, si se sabia que havia tornat, la guàrdia civil no ho volgués aprofitar per interrogar-me.

En baixar del cotxe em va sobtar de veure la bicicleta de l'Alfonsina arrambada a l'arbre del funicular, i després a ella deambulant decebuda per l'eixida de la meva borda, a l'altra banda del riu.

—Vaja —vaig pensar—, anem bé per poder descansar!

(L'Alfonsina és una noia de Puigcerver a qui a la primavera de l'any anterior havia fet classes particulars de matemàtiques, per acord entre els seus pares i el meu, el qual es veia obligat a suspendre-la, malgrat l'amistat que lligava les nostres famílies pel fet d'estiuejar totes dues a Sort des de feia molts anys. La relació professor-alumne havia acabat transformant-se en una amistat *sui generis,* de la qual no vull entrar en detalls, perquè ella sens dubte llegirà aquest llibre i ja prou disgust va tenir quan va veure com estava d'embadalit amb la Miquèla...)

Quan em va veure va enfilar-se al funicular i el va travessar amb perícia, evidenciant la pràctica que hi tenia, de tant venir-me a fer visites a la borda a l'hora de la migdiada.

La Miquèla va retirar-se discretament, amb una expressió de la cara un xic interrogadora.

—Vaig a veure els meus companys i a tranquil·litzar-los amb algunes mentides. Després tornaré, perquè a la tenda és impossible dormir-hi de dia, entre la calor i el xivarri que fan els altres.

Vaig aviar com vaig poder l'Alfonsina i, després d'obrir les finestres de la caravana, que restaria ben protegida per l'ombra dels pollancres fins a les quatre de la tarda, em vaig estirar, vestit com anava, a l'ample llit i vaig quedar adormit com una soca. Hauria estat sens dubte millor a la borda, però passar el funicular em feia una mandra insuperable.

Cap a les cinc de la tarda em vaig despertar a causa de la calor o potser de la gana, amb l'agradable sorpresa de trobar la Miquèla dormint al meu costat.

Vam fer-nos un dinar amb el que encara hi havia a la nevera i, ja una mica recuperats, vam decidir anar a passar la resta de la tarda a la borda de les Moreres, tot esperant que la notícia de la restitució de la imatge de la Mare de Déu d'Avellanui arribés a tots els racons on havia d'arribar.

Hi vam estar fins al capvespre, i també en aquest cas la discreció m'impedeix de relatar-vos com vam passar l'estona. Si algun dia la Miquèla vol escriure un llibre amb les aventures d'aquest darrer estiu, ja ho explicarà ella, si en té ganes...

A dos quarts de nou vam marxar xino-xano cap a can Gerber a sentir el telediari. El sol s'havia post darrera el Montsent de Pallars, però la fresca del vespre no acabava d'arribar. En passar per davant de can Bastida vam saludar el meu amic, el vell Cisquet, que tocava amb unció el seu acordió diatònic a la porta de casa seva. Si no li arribo a dir res, ni tan sols s'hauria adonat del nostre pas, tan avançada estava la seva ceguesa i tan gran era l'entusiasme i la malenconia amb què tocava per a ell sol.

—Quedeu-vos —em va dir—; et tocaré aquell vals francès que tant t'agrada i aquell *pericon* del 1918...

—Avui no podem, Cisquet. Hem d'arribar a Sort a les nou. La setmana que ve us vindré a buscar i ens fareu una tocada a la vora del riu.

—Quan vulguis, ja ho saps, jo sempre estic a punt, ara; no m'esperen per a cap ball de festa major...

En sortir a l'avinguda dels Comtes de Pallars vaig veure de seguida que ja no hi havia la guàrdia civil al trencall de la carretera de la Seu. Era un bon presagi.

I, efectivament, la notícia que nosaltres esperàvem la va dir aquell vespre la petita pantalla de color de can Gerber. Escaridament, breument, però ho va dir: havia estat recuperada la imatge d'Avellanui. No van dir com ni de quina manera, però ja n'hi havia prou, ja podíem tornar tranquils a la vall Ferrera. El camí era expedit.

6

DOMICILI MOLT PROVISIONAL

L'Adrià Ferrer és un home madur, d'aquesta edat indefinida que precedeix la vellesa, però encara amb tota la força. La seva immensa còrpora, la seva sanitosa cara colrada, vermella, et fan pensar inevitablement en aquells ufanosos gegants de la festa major de Puigcerver.

Va aparèixer davant meu acompanyat d'una parella de guàrdies dosos, quasi tan alts com ell, molt més que no pas els qui m'havien capturat mitja hora abans, en sortir de la meva tenda disposat a fer una becaina al prat, sota la lluna, mentre esperava precisament això: que m'agafessin i em portessin davant el pare del Galileu.

—Benvingut a Dòsia, Raimon —em va dir cortesament i freda, convidant-me a seure.

El fet d'adreçar-se'm pel meu nom, que en unes altres circumstàncies potser m'hauria afalagat, aleshores no em féu gens de bona espina, perquè indicava que el Georges i/o el Bernard havien enraonat massa. ¿Què és el que sabia de nosaltres, aquell colós?

—Has arribat en un país civilitzat i científic, on podràs ser plenament feliç, però d'on ja no podràs sortir mai més.

Va fer una pausa i observà l'efecte que em produïen les seves paraules.

Jo, malgrat que l'Adrià no m'estava pas informant de res que no sabés ja, vaig posar-hi la cara d'aclaparat que s'adeia, que pertocava davant d'aquelles notícies. Sóc un actor molt dolent, tant, que si dic una mentida se'm coneix a la cara, però aleshores crec que vaig aconseguir de fingir força bé, segurament perquè en el fons estava realment amoïnat, no pas pel que m'estava dient l'Adrià, sinó pel que haguessin pogut cantar aquell parell de galifardeus.

—No tenim res en contra teu —continuà—. Però no podem permetre que ningú que entri a Dòsia pugui tornar a sortir a l'exterior a esbombar-ne l'existència, perquè això significaria la fi del nostre país. Per tant, no intentis escapar-te, perquè aleshores, segons la llei, hauries de morir. Però si deixes de pensar en el món de fora, gaudiràs plenament del paradís que és aquesta vall secreta. Té —em va dir persuasiu mentre em donava un sobre molt ple—. Obre'l!

Ho vaig fer i em vaig trobar a les mans un feix d'uns estranys bitllets.

—Són mil dors, la mensualitat de juliol.

—Però, per què? —vaig dir sorprès.

La meva estranyesa era limitada només pel fet que em paguessin una mensualitat per un treball que no havia efectuat, però una vegada més, per casualitat, vaig ser un bon actor, vaig posar exactament la cara de sorpresa que calia, la que l'Adrià esperava de mi davant les seves revelacions d'aquella nit.

—Jo mateix t'aclariré tots els perquès. Farem petar la xerrada. Aquesta nit la festa m'avorreix, la xerrameca de la meva dona m'atabala...

Jo sabia perfectament l'origen del seu malhumor: el Galileu.

Es va aixecar, em va indicar que també ho fes i va dir al guàrdia que tenia a la seva dreta:

—Alexandre, me'n vaig a fora a acabar l'interrogatori d'aquest xiquet. Digues a la meva dona que tinc almenys un parell d'hores de feina, que no m'esperi per anar-se'n a dormir.

Llavors vam sortir a fora. La casa, excavada en la cinglera, no era pas més gran que les veïnes. Portava el número 501. La foscor, cap a l'interior del bosc, era total; només la claror que s'escapava de les finestres permetia de veure els pins més pròxims, les copes dels quals formaven un sostre natural que tapava els estels i la lluna. Tanmateix, després d'una estona de caminar, quan els meus ulls es van haver acostumat a la fosca, hi podia veure força bé amb la mica de claror de lluna que aconseguia travessar aquella espessa barrera de fullam.

L'altre guàrdia ens seguia a uns quants passos darrera nostre, per un camí ple d'herbei que anava fent esses, sens dubte perquè, en la seva construcció, s'havia mirat de no haver de tallar cap pi. Des de la llunyania m'arribaven les notes agradables, evocadores, d'uns acordions.

—Aquestes festes nocturnes dels dissabtes d'estiu són meravelloses. Després, si vols, abans d'anar a dormir, hi vas a donar un tomb; t'agradarà. Però jo, ara, després de la mala jugada que m'ha fet el gran sapastre del meu fill, no estic per punyetes.

Vaig pensar que era millor fer veure que no havia entès aquella darrera frase, restar a l'expectativa i procurar de no ficar-me de peus a la galleda.

—Sóc un entusiasta dels vells acordions i de les velles músiques del Pirineu —vaig dir—. Sí que m'hi acostaré!

—Així m'agrada, xiquet! Encara, si t'espaviles una mica, podràs trobar al ball una parella per no estar tan sol a la teva casa aquesta nit... És clar que aleshores la teva amiga, la Miquèla...

Somreia per sota el nas. En canvi, jo no entenia res. Què era allò de la meva casa? ¿Quina mena de llibertat de costums imperava a Dòsia si havia de fer cas de les seves insinuacions?

Ell va continuar:

—Precisament t'he de fer unes preguntes sobre la Miquèla, la germana del Bernard.

L'Adrià es va adonar de l'impacte que m'havien produït aquelles seves darreres paraules.

—No t'estranyis; ho sé tot de vosaltres dos fins al moment que us vau escapar congost avall. El Georges es va portar molt bé, va dir la veritat des del primer moment, però ens en vam voler assegurar. Quan parlis amb ell et dirà que el vam torturar, però no és veritat, no va córrer cap perill; és clar que ell no ho sabia... Però tornem a la Miquèla. Ella sap que tu has tornat al congost, oi?

—És clar.

—Per a quin dia t'espera?

—Per a demà a la nit —vaig empescar-me.

—Aleshores dilluns ella tornarà al congost amb alguns companys a veure què ha passat...

—O potser amb la guàrdia civil!

Vaig esperar la seva reacció a aquestes paraules, però no es va produir. Va callar i el so llunyà de l'acordió ens embolcallà novament. Llavors vaig començar a sospitar que el Georges, malgrat haver xerrat massa, no havia dit res sobre el robatori d'Avellanui. Perquè, si n'hagués parlat, l'Adrià m'hauria replicat que la Miquèla no podia portar la guàrdia civil al congost per no fer comprometre el seu germà.

—¿Vau parlar amb algú sobre el lloc on havíeu anat d'excursió?

—No —vaig mentir, malgrat que aquell mateix vespre n'havíem estat parlant bo i sopant a l'hostal d'Àreu la Miquèla, el Salvador i jo, i havíem decidit que ells dos, després de portar-me amb el cotxe fins a l'esplanada del refugi, marxarien cap a Andorra i intentarien d'arribar, també a la nit de diumenge, a la roca de Vacamorta, en previsió que el Galileu trobés algun entrebanc i no pogués acudir a la cita convinguda.

—T'ho diré sense embuts, Raimon. La Miquèla, lliure, és un perill per a Dòsia. Cal segrestar-la i portar-la aquí. No hi posis aquesta cara, xiquet, perquè això t'ha d'alegrar. Si no és així, la perdràs per sempre!

Havíem caminat ja una bona estona, sense que l'ample corriol s'apartés mai gaire de les façanes de les cases, la immensa majoria de les quals romanien a les fosques, sigui perquè els estadants eren a dormir, sigui perquè eren a la festa que se celebrava a la vora del llac. Aleshores l'Adrià es va parar, va treure unes claus de la butxaca, va obrir la porta d'una casa, la 841, i em va invitar a entrar-hi. Era moblada amb molt de gust i es notava que tot hi era absolutament nou, per estrenar.

—És casa teva i, si vols, teva i de la Miquèla —em va dir donant-me dos parells de claus—. Aquestes altres corresponen a la casa 341, que hauràs d'utilitzar durant l'hivern, perquè aquí tindries massa fred.

Vaig entrar i em vaig deixar caure sobre un còmode sofà. Mentre els meus ulls resseguien meravellats la magnífica decoració de la casa, vaig dir:

—Em permeteu de fer una proposta?

—Fes.

—Deixeu anar el Bernard. La Miquèla, una vegada retrobi el seu germà, se'n tornarà a França i no s'acostarà mai més per aquests verals. Ja sé que em direu que el Bernard no pot sortir de Dòsia perquè podria xerrar. Però jo pregunto: ¿no ha fugit encara mai ningú de Dòsia?

—Malauradament, tot sovint hi ha desercions.

—¿I com ho feu perquè els fugitius no revelin el secret de Dòsia?

—Si trenquessin la llei del Silenci, tots els seus familiars que romanen a Dòsia, fins al segon grau de parentiu, serien condemnats a mort. És una llei injusta, ho sabem, però no trobem la manera de substituir-la per una altra que sigui igualment eficaç. Ho és tant, d'eficaç, que no hem hagut d'aplicar-la mai.

—Bé, llavors deixeu anar el Bernard, i el Georges i jo quedarem d'ostatges per a la llei del Silenci. Si ell parlés, nosaltres ho pagaríem amb la vida.

Després d'uns instants de reflexió, va dir:

—No nego que seria una solució força encertada, però ells no són familiars vostres. La llei no ho permet.

Va començar a caminar lentament cap a la porta.

—Si jo autoritzés el que em proposes seria destituït per violar les lleis del país. I no et pensis que falti qui té ganes de fer-me la llesca. L'Aristòtil mateix...

Ja havia arribat a la llinda.

—A propòsit, t'agrada la política? Demà al matí hi

haurà una assemblea mogudeta vora el llac. Al comte Russell, un pirineista que a la fi del segle passat va ficar el nas al nostre país i ja no en va poder sortir mai més, les nostres assemblees dominicals li agradaven molt, eren la seva distracció preferida... Vés-hi, t'agradarà i, de passada, aprendràs les nostres lleis i els nostres costums. I ara, jo de tu m'arribaria fins al llac i buscaria una xiqueta...

Ja havia sortit fora, però encara va girar-se a dir-me:

—Ah, me n'oblidava; als teus amics els he donat les cases 839 i 837, les dues que hi ha al costat de la teva, sortint a l'esquerra. Bona nit!

—Bona nit!

Vaig veure com s'allunyava dins la fosca, pensatiu, seguit a poques passes pel guàrdia, que respectava silenciós les cavil·lacions del president del seu país.

Si el que t'estic contant, amic lector, no fos la veritat, tota la veritat i només la veritat, si el que estic fent fos escriure una novel·la, ara escauria molt bé aquí una pausa frívola, una aventureta amb una no-dosa tot seguint els consells de l'Adrià. Però, malauradament, relato fets reals, i la dramàtica situació en què em trobava aleshores no permetia frivolitats de cap mena.

Així que l'Adrià va haver desaparegut dins la boscúria, vaig sortir de la meva nova casa i vaig retrocedir; de tant en tant m'acostava a les façanes, per llegir, amb dificultat, els números de les cases, que a partir de la meva anaven baixant de dos en dos. No gaire lluny, per tant, vaig trobar la que buscava, la 707. No s'hi veia gens de llum, però jo estava convençut que els seus estadants eren dintre, ja que era impossible que enmig d'aquell tràngol els familiars de l'Afrodita fossin a la festa a divertir-se.

Vaig trucar fluixet a la porta, després d'assegurar-me que no hi havia ningú pels encontorns. Calia evitar de totes passades que em veiessin entrar en aquella casa, puix que el fet de saber-ne el número posaria en evidència que jo havia tingut contacte amb l'Afrodita i el Galileu, i llavors em veuria sotmès a un vertader interrogatori, de segur molt diferent del que m'havia fet l'Adrià, el qual de moment semblava només preocupat per la possibilitat que la Miquèla atragués massa gent a les proximitats de Dòsia.

Mentre esperava resposta, vaig mirar el rellotge. Eren dos quarts de tres de la matinada de diumenge, però encara no tenia gens de son. La música continuava arribant-me, encisadora, en el silenci de la nit. ¿Fins a quina hora devien durar aquelles festes nocturnes? I l'endemà, ¿a quina hora devia ser l'assemblea, si la gent encara havia d'anar a dormir?

Vaig esperar una estona, que em va semblar molt llarga, sense que els de dins donessin senyals de vida. Llavors vaig sentir uns passos que s'acostaven pel camí i em vaig posar a passejar per tal de despistar. Era una parella de dosos que anaven agafats per la cintura i de tant en tant s'aturaven i es besaven. No crec que s'adonessin de la meva presència, embadalits com estaven. Quan es van haver allunyat, vaig tornar davant el número 707 i vaig repetir la trucada, ara una mica més fort.

Llavors em va semblar sentir una lleu remor dins de la casa i durant una estona vaig percebre, no sé com, que m'observaven. Després una veu que provenia de l'interior va dir:

—Qui hi ha?

—Porto bones notícies de l'Afrodita —vaig contestar.

La porta va tardar encara una mica a obrir-se.

—Entra de pressa —va dir un home d'una edat semblant a la de l'Adrià, també alt com un sant Pau, i va tancar de seguida la porta darrera meu.

L'estança, sorprenentment, era molt ben il·luminada, malgrat que les persianes, abaixades completament, no deixaven escapar ni un bri de claror a l'exterior. La decoració era senzilla, semblant a la de la casa que m'havia donat l'Adrià, de bon gust i molt acollidora. El terra era cobert de fusta, però el sostre, nu, de pedra ben picada, deixava a la vista que la casa havia estat excavada a la roca. Tot un pany de paret tapat de llibres, uns pocs bells quadres, segurament d'artistes locals, i un sofisticat aparell d'alta fidelitat, que en aquells moments deixava anar baixet les notes dels concerts de Brandenburg, parlaven clarament del gust i de la cultura dels propietaris de la casa.

El pare de l'Afrodita m'invità a seure en un ampli sofà al seu costat i davant per davant dels seus dos fills, que tenien un aromàtic cigar a les mans i un got de whisky sobre la tauleta que s'interposava entre ells i nosaltres.

—Ets foraster, oi? No et tinc vist... —va dir el pare.

—Acabo d'arribar a Dòsia. Em dic Raimon.

—Com ho has aconseguit? —va preguntar molt interessat un dels fills, el que semblava més gran i portava ulleres.

—Espera, Rama, això ja ens ho explicarà després —va

dir el pare impacient. I adreçant-se'm va continuar—: Dius que portes notícies de l'Afrodita...

—Jo i la meva amiga Miquèla vam trobar el Galileu i l'Afrodita al congost i els vam ajudar a sortir-ne i a escapar-se de la policia exterior. Els vam deixar ahir al matí, completament fora de perill, camí d'Andorra.

—Ho han aconseguit! —va exclamar el més petit dels germans.

—No parlis alt, Milton —va dir el pare amb veu aspra, un xic malhumorada—. No sé per què no m'han fet cas; els vaig dir que anessin directament a França, que evitessin de passar per Andorra, que és farcida de policies exteriors...

—Doncs, va ser idea del Galileu, precisament —vaig contestar—. Demà diumenge, és a dir avui, perquè ja som diumenge en aquesta hora, acudirà a les dotze de la nit a la roca de Vacamorta i llançarà una corda perquè vosaltres, jo i dos amics que ahir també van ser fets presoners puguem fugir de Dòsia.

El pare restava silenciós, amb expressió ferrenya. Jo vaig continuar:

—El Galileu creu que el seu pare pot descarregar el seu mal humor sobre vosaltres, fins i tot tem per la vostra vida.

—I té raó —va dir el pare—. És un noi valent, el Galileu, i tu també, Raimon, però és molt difícil que tot això surti bé. La roca de Vacamorta és només a uns cinccents metres de l'ascensor, i per anar-hi des d'Andorra haurà de seguir, de no gaire lluny, el camí que utilitzen els policies exteriors per portar els subministraments des d'Andorra fins a Dòsia. Si és que ja no ha estat vist a Andorra, podria ser fàcilment descobert durant el camí. Si m'ho hagués consultat, jo no li ho hauria permès, però ja que som al ball, haurem de ballar. Demà, a les dotze de la nit, tots vosaltres heu de ser al peu de la roca. Jo em quedaré.

—Per què, pare? —va dir el Milton.

—No saps la llei? Si algú intenta fugir de Dòsia deixant familiars de primer o segon grau que puguin servir d'ostatges per a la llei del Silenci i fracassa, no se li imposa cap pena important. Però si no hi ha familiars que puguin ser condemnats a mort en el cas que el fugitiu reveli l'existència de Dòsia, el qui intenta escapar-se és condemnat a mort. A propòsit, tu, Raimon, i els teus amics, cal que sapigueu ben clar que us jugueu la vida en aquesta aventura, perquè no teniu familiars a Dòsia.

—Ho sé, fa una estona me n'ha parlat l'Adrià, d'aquesta llei. Però, quin remei!, ens hi haurem d'exposar.

—Vós, pare, vindreu amb nosaltres! —va dir aixecant una mica massa la veu en Rama, que, malgrat el posat irònic i un xic burleta de la seva cara rodona, sabia també ser enèrgic i contundent quan calia.

—Calma't, Rama. Difícilment s'atreviran a tocar un vell com jo. I si s'hi atrevissin, tampoc no tindria gaire importància. Als vells no ens costa gaire de ser herois. Què ens hi juguem? ¿Potser mitja dotzena d'anys, possiblement amb una malaltia rera una altra? Bah!, quan sigueu vells, si teniu la suficient lucidesa per vèncer l'instint animal de supervivència, veureu com és d'agradable pensar a tancar els ulls i poder oblidar per sempre totes les desgràcies, tots els errors, totes les covardies, totes les injustícies...

—El discurs està bé, pare, però ni vós sóu vell, ni el

Raimon, que necessita descansar, ha de perdre temps escoltant aquesta discussió, que ja acabarem després —va dir el Rama i, adreçant-se'm, va continuar—: És millor que acudim separats a la cita, perquè no convé que ens vegin plegats. Demà, és a dir, avui, a la tarda, te'n vas al peu de l'ascensor i demanes a qualsevol persona, com una curiositat, els noms dels accidents geogràfics d'aquells verals. Així podràs saber on cau la roca de Vacamorta.

—Entesos —vaig contestar—. Si hi hagués algun entrebanc, em trobareu a la casa 841.

—D'acord. I no ens telefonis! Segurament el teu telèfon i el nostre són intervinguts.

Ens vam aixecar i ens vam acostar a la porta. Llavors el pare va apagar els llums i va sortir a fora a explorar els voltants. Després d'una bona estoneta, que em va anar molt bé per tornar-me a acostumar a la foscor exterior, va tornar a entrar dient:

—No hi ha ningú. Surt de pressa.

—Bona nit i bona sort! —em van dir tots tres al moment de passar el llindar.

—Bona nit! —vaig contestar esmunyint-me en la negra foscor dels pins.

Em vaig parar, dubtós, entre les cases 837 i 839. L'una era la del Georges i l'altra la del Bernard. L'Adrià no m'havia dit exactament quina era la de cadascun, i jo no tenia ganes de topar-me el Georges, el qual no pensava assabentar del pla de fuga fins al moment de lligarlo amb la corda perquè el Galileu i el Salvador el tibessin cap amunt, cap a dalt de la cinglera.

És clar que tampoc no volia comunicar el pla al Bernard, el qual restava encara sota la influència del Georges, i, per tant, difícilment podria callar el secret al seu amic.

Però, tanmateix, jo havia de parlar amb el Bernard, si més no per citar-lo per a l'endemà a una hora prudencial.

Aleshores se'm va acudir la idea. Vaig entrar a casa meva i em vaig adreçar al telèfon. Efectivament, al centre del disc hi havia el número: «841». Era d'esperar, no podia ser que en un país tan racionalista i organitzat el número de telèfon no coincidís amb el de la casa.

Vaig despenjar i vaig marcar el 837, ben disposat a penjar de seguida si la veu del Georges sorgia de l'auricular. Però no, únicament se sentia trucar intermitentment el timbre, sense que ningú agafés l'aparell. Al final em vaig cansar i vaig marcar el 839, amb el mateix resultat. Així que ells, tan frescos, se n'havien anat al ball! Però com podia ser, si el Georges no podia caminar?

Per inexplicable que fos, era evident que eren fora i que, si volia parlar amb el Bernard, que ho havia de fer sens falta, hauria d'esperar el seu retorn. Així és que, una mica per distreure la son durant l'espera, una mica per tafanejar i potser també una mica amb l'esperança de trobar-hi el Bernard, vaig anar-me'n a la festa.

Sense seguir cap camí precís, guiat només per la música, vaig començar a davallar pel lleu, quasi imperceptible pendent del bosc, completament net, encatifat d'herbei sota els grans pins. Quin magnífic lloc per als bolets a la tardor!

La música sonava cada vegada més a prop, però no es veia ni un llum. Vaig acabar concloent que la festa se celebrava completament a les fosques.

Llavors vaig trobar les primeres parelles que s'apartaven una mica del brogit i s'internaven dins del bosc enllaçats per la cintura i s'aturaven de tant en tant a besarse i abraçar-se. Una mica més enllà vaig poder distingir els acordionistes. Eren tres, asseguts en unes cadires plegables, a frec de la soca d'un pi. Eren homes d'edat madura, i el del mig, per les seves proporcions, era indubtablement un dos. Davant seu evolucionava el nombrós grup dels balladors, la major part també parelles ja granades, principalment els qui ballaven més a prop dels músics, sota els pins. Més enllà, cap al tros de platja que s'estenia entre els darrers pins i el llac, hi havia el grup dels més joves, clarament visibles a la llum de la lluna, que il·luminava esplendorosament la clariana. M'estranyà que la vora del llac fos sorrenca, però no podia ser d'altra manera, vistos els moviments dels balladors: diries que estaven aixafant raïms. D'altra banda, ja havia vist tantes coses sorprenents, que un llac pirinenc amb platja de sorra ja no m'havia de sobtar.

En contrast amb el bosc, el llac banyat per la lluna brillava com si fos de dia. També aquest era poblat: unes quantes dotzenes de banyistes el solcaven nedant en totes direccions.

Vaig passar entremig de la gent que no ballava i em vaig acostar al llac. Vaig poder llegir perfectament, a la claror de la lluna, un rètol que deia:

NO ES PERMET, MENTRE HI HA CLAROR DE
DIA, ACOSTAR-SE A LA CLARIANA DEL LLAC
PER RAONS DE SEGURETAT

Així és que els de Dòsia no podien prendre el sol, malgrat la magnífica platja de què disposaven! Era lògic, tanmateix. El país havia de ser invisible també des de l'aire, tot havia de transcórrer sota els pins durant el dia, de manera que un avió o un helicòpter que passés per allí veiés només una gran boscúria i, al centre, un llac completament desert.

Vaig anar fins arran de l'aigua. La nit era molt calorosa, i malgrat que, en tocar-la, vaig poder comprovar que l'aigua del llac era molt freda, em van entrar ganes de nedar sota la lluna. Portava el banyador sota els texans, només em calia trobar un lloc per deixar la roba. Mirant al meu voltant, vaig veure no gaire lluny un rètol amb una fletxa que deia: «Vestidors». Vaig seguir la fletxa i una mica més enllà vaig veure una espècie d'estenedors, unes cordes lligades a les soques dels pins, amb diversos penjadors plens i també alguns de buits. En vaig agafar un d'aquests darrers i em vaig despullar allí mateix, com l'altra gent («allà on aniràs, faràs el que veuràs»), i vaig portar el penjador amb la meva roba a l'estenedor. No em va semblar veure cap mena de vigilància. Vaig suposar que a Dòsia no es perdia mai res.

L'aigua era efectivament molt freda. Quan vaig haver reaccionat una mica, vaig nedar cap al centre del llac, el qual no devia pas tenir més de 400 metres de diàmetre, i allí em vaig quedar una estona de cara al cel, contemplant la lluna i les constel·lacions nítides, impressionants.

Una mica més enllà una noia feia el mateix i em mirava de tant en tant. Com l'Afrodita, portava només la part inferior del banyador. Era força pleneta, tenia uns pits abundants i uns cabells negres força llargs que de tant en tant s'havia d'apartar del davant de la cara.

No m'hauria desagradat entrar-hi en contacte, però

jo no volia prendre la iniciativa, tenia altres maldecaps. Però ella, al cap d'una estona, va acostar-se i em va dir:

—Ets foraster, oi?

—Ho has encertat —li vaig contestar—. Veig que coneixes tothom!

—A Dòsia ens coneixem tots. I els joves, i més concretament els nois no-dosos, me'ls sé de memòria.

La tenia a tocar. Els seus ulls eren foscos i brillants, intel·ligents, posaven de manifest una total seguretat en ella mateixa. El to de la seva veu, aparentment una mica sec, era en realitat amable.

—No ets al ball. És que no t'agrada de ballar?

—Sí —va dir sense entusiasme. Però el to de la seva veu va canviar en proposar-me—: Vols ballar?

—Si trobo parella.

—Ja la tens. Em dic Carla. I tu?

—Raimon. Ets molt decidida, Carla. M'agraden les noies com tu.

—Tu també m'agrades.

—Però si no em coneixes!

—Vull dir que m'agrada el teu físic.

No sé si cal fer notar que em vaig estarrufar una bona mica.

—Hi veus molt bé, a la claror de la lluna! —vaig dir somrient.

—I l'aigua és molt transparent —va contestar-me.

Efectivament era així. Els seus dos pits, descoberts, grossos i rodons com taronges, es veien nítids, blancs, sota l'aigua.

—Veig que m'has sotmès a un bon examen —vaig dir.

—I tu tampoc no t'has estat mirant els estels. Els teus

ulls m'han ben resseguit, però no m'has dit com em trobaves. Aprovo?

—Estàs magnífica.

—No és veritat. Estic massa plena, ho sé.

—Doncs, tens els quilos molt ben posats.

—No m'ensabonis!

—Dic el que penso. ¿Nedem fins a l'altra banda i tornem passejant per la vora del llac?

—D'acord.

En sortir de l'estany l'aigua ens regalimava, però l'aire era tan calent que no teníem fred.

—No m'agraden les aglomeracions —em va dir—. ¿Vols que ballem aquí mateix?

La música ens arribava perfectament a través del llac, només amb la interferència del xipolleig d'algun nedador. Era un tango que almenys tenia cinquanta anys d'existència.

—Només toquen música rància! —va dir la Carla—. Si no canvien de repertori, arribarà un dia que no vindrà cap jove a la festa!

—¿És per això que prefereixes banyar-te en comptes de ballar?

—En bona part sí. Però ara també m'agrada ballar, amb tu —em va dir baixet, prement-se una mica més contra meu, insinuadora.

Després de tres balls, el pla de fuga, la Miquèla, la meva casa de Sort amb les obres paralitzades i tots els meus maldecaps havien estat completament esborrats, i dintre meu no quedava més que un immens, voluptuós desig de la Carla.

Vam vorejar el llac pel cantó sud, solitari, i vam recollir la roba, que ni tan sols ens vam posar. A les quatre de la matinada posava la clau a la porta de casa meva. Una vegada dins, la Carla va escollir un disc de l'Aznavour i va engegar l'aparell d'alta fidelitat dient:

—Això t'agradarà.

—Ho has encertat. I a tu, t'agrada?

—També. L'amor, com aquestes cançons, pot semblar a vegades als altres, als qui no en són protagonistes, una cosa ridícula i fins i tot estúpida, però quan el qui el viu és un mateix, és una cosa molt gran. Tot ho transforma.

—Ves per on, que ara la música d'acordió ja no seria rància!

—Exacte.

Mentre ella anava a buscar dues copes per al xampany que havíem comprat a la festa, francès autèntic arribat a Dòsia a través d'Andorra, jo vaig agafar el telèfon, vaig marcar el número 837 i vaig esperar una bona estona, sense resultat. Vaig marcar després el 839, que tampoc no contestava, però quan ja anava a penjar, algú va agafar l'aparell.

—*Allô!*

Era la veu del Bernard.

—*Allô!* Sóc el Raimon.

Va tardar una mica a reaccionar, a fer-se la idea que jo fos a Dòsia. Segurament l'havia fet aixecar del llit i es devia preguntar si és que estava encara somiant.

—Què hi fas aquí?

—El mateix que tu. M'han fet presoner. On eres?

—A dormir. I la Miquèla?

—És fora de perill. ¿No has sentit el telèfon a dos quarts de tres?

–Llavors encara no era a casa. He arribat a les tres de l'hospital.

–L'hospital?

–Sí, al Georges li han hagut de tornar a trencar l'os perquè se li soldava malament. Després li han enguixat la cama.

–Quan el deixaran anar?

–S'estarà a l'hospital fins que li treguin el guix.

Ja era estrany que s'hi hagués conformat, vaig pensar, tenint com tenia al seu abast l'esclau del Bernard per atendre'l.

–He de parlar-te urgentment. Sóc aquí al teu costat, al número 841. Obre'm la porta, que vinc de seguida.

–Si vols vinc jo.

–No, no! –vaig dir alarmat–; no et moguis, vinc ara mateix.

Aleshores em vaig adonar que, malgrat no existir cap compromís formal amb la Miquèla, li estava essent infidel, li estava fent un tort.

La Carla se'm va acostar, em va besar i em va dir:

–No tardis!

–Hi estaré només uns minuts.

Les meves mans deixaren amb recança la seva pell dolça i, després de posar-me una camisa, vaig sortir a la foscor dels pins.

El Bernard m'esperava amb la porta oberta. Vaig entrar, vaig seure al sofà, completament idèntic al de casa meva, i li vaig dir:

–Coneixes la família del Georges?

–No.

–Així, no has estat mai a casa seva, oi?

—Si de la pensió on viu en diem casa seva, sí que hi he estat.

—La seva família, per tant, no deu ser de Carcassona.

—No. Ni tan sols francesa.

—És estranger?

—De l'Argentina.

—Però el seu nom sembla francès.

—És fals.

—Així, ¿no és veritat que treballava en una empresa del seu pare?

—Què va! Era una mentida que solia dir per justificar els seus ingressos.

—Els quals provenien de la delinqüència?

—Sí. Per què em fas aquestes preguntes?

—La propera nit fugirem de Dòsia i el Georges l'haurem de deixar a l'hospital, és a dir, no ens el podrem endur. Si algú a França trobés a faltar el Georges, tindries problemes, perquè la policia podria assabentar-se que havia marxat a Espanya amb tu i et podrien culpar de la seva desaparició, fins i tot podrien suposar que l'havies assassinat.

—Puc dir la veritat, que és presoner a Dòsia.

—Què dius ara! Primer, que no et creurien. Però si per casualitat et fessin cas i s'obrís una investigació sobre Dòsia, moltes persones perdrien la vida.

—Per què?

—És la llei del Silenci. T'ho explicaré després. Quan tornis a Carcassona, caldrà que vagis a la pensió on vivia i diguis que el Georges s'ha quedat a Espanya i t'ha deixat l'encàrrec que vagis a comunicar-los-ho. Aquesta mateixa història l'hauràs d'explicar a la policia, si arribés el cas. Però, per tot el que m'has dit, penso que ningú no el trobarà a faltar, el Georges, fora dels qui li van encomanar el robatori d'Avellanui, i aquests no aniran a la policia a reclamar. Ah, i no li diguis absolutament res del que hem parlat. Com pots suposar, no li faria gens de gràcia.

—Entesos.

—Descansa fins a ben tard. Demà ens espera una llarga caminada. Has de ser a casa meva a les onze de la nit en punt. Sobretot, no et retardis!

—No pateixis, hi seré abans. Bona nit!

—Bona nit!

Havia fet bé de dir-li el meu pla? Un cert remordiment em rosegava mentre obria la porta de casa meva, on la música d'Aznavour m'embolcallà en acostar-me als llavis la copa de xampany que m'oferia la Carla completament nua i completament blanca. Coses dels banys de lluna!

7

RIU D'OR

Vaig seure al banc de fusta de darrera la corda lligada a les soques dels pins que separava el recinte interior, destinat als dosos, que tenen dret de vot, dels bancs per als no-dosos, que només poden escoltar i per tant poques vegades assisteixen a les assemblees dominicals. No cal dir, doncs, que el semicercle de bancs exteriors era pràcticament buit, i jo i la Carla, sense ningú a la dreta i a l'esquerra i amb tres rengles de bancs buits davant nostre, corresponents a dosos que passaven d'assistir a l'assemblea, quedàvem molt descoberts i sens dubte devíem cridar l'atenció dels membres de la mesa, tres vellets que potser en la seva joventut havien passat dels dos metres, però a qui ara els faltava un bon tros per arribar-hi.

A cada banda de la mesa hi havia tres guàrdies dosos, aquests amb la mida reglamentària, seriosos i callats com estàtues. Darrera seu apareixia la clariana del llac, amb el blau rutilant de les seves aigües, i al fons, sobre els pins, la formidable cinglera de la qual queia una bellíssima cascada, que sens dubte era la que aportava l'aigua del riu que desembocava al llac pel nord-est. El paisatge, amb el cel sense cap núvol, era paradisíac. Els meus ulls recorrien amb plaer tanta bellesa i acabaven el seu periple reposant sobre les espatlles arrodonides de la Carla, sobre el seu vestit blau, escotat, que mostrava l'inici dels pits... Et ben asseguro (i no dubto, lector o lectora, que em creuràs) que en aquells moments em recava haver de deixar Dòsia aquella mateixa nit. Jo intentava sostreure'm al plaer, a la tebior i al perfum de l'aire que minaven la meva voluntat, pensant que no tots els estius devien ser com el d'enguany, que també hi devia haver dies grisos de pluja, i de neu a l'hivern. Ah, però, la neu! Quin magnífic paratge per a l'esquí nòrdic! Quin silenci per a la lectura darrera els vidres de les cases encarades al sol!

De sobte es va fer el silenci; només restà el soroll alegre de la cascada llunyana. Era la una de la tarda i l'assemblea ja començava.

—S'obre la sessió —va dir el president de l'assemblea amb una veu clara, que va arribar a tots els racons gràcies als altaveus—. Té la paraula el nostre president, Adrià Ferrer.

Aquest es va aixecar d'un banc situat a la primera fila, a la dreta de la mesa. Vaig suposar que devia ser el banc del govern. Lentament va pujar a la tribuna dels oradors i va parlar així:

—Ciutadanes i ciutadans de Dòsia: sabeu com m'agrada de ser breu i enllestir ràpidament el meu informe setmanal, però avui m'hauré d'estendre una mica més del que és habitual. Estic segur que tots vosaltres esteu assabentats dels desgraciats esdeveniments que s'han produït aquests darrers dies. El meu únic fill, el Galileu, ha fugit del país, i ho ha fet amb una no-dosa, l'Afrodita Bor. M'he quedat sense fill i sense honor. Em consta que alguns de vosaltres, fa anys, heu hagut de passar un tràngol semblant, però no recordo que mai fins ara s'hagi donat la circumstància que el fugitiu fos fill únic i, encara menys, el fill del president. La meva dona i jo estem abatuts. Ens preguntem quin error podem haver comès en la seva educació que l'hagi impulsat a renunciar a un futur brillant, a una pàtria acollidora i rica i a uns pares que l'estimaven més que res al món. Però no és la meva intenció de parlar-vos ara del nostre problema personal, sinó del perill que la seva fugida representa per a Dòsia.

»Es dóna la casualitat que la nit de la fugida hi havia quatre excursionistes acampats al congost. Dos d'ells, Georges Meurice i Bernard Larzac, van ser capturats aquella mateixa nit mentre dormien als seus sacs. Però els altres dos, una noia, Michelle Larzac, germana del Bernard, i un noi, Raimon Esplugafreda, havien marxat durant la nit a Sort, sense avisar els seus companys. La noia, la Michelle, resta encara a Sort, però el noi va retornar al congost i també va ser fet presoner. Tots ells han estat interrogats i s'han comprovat les seves declaracions, però no voldria estendre'm ara en detalls del com i el perquè de la seva estada al congost; em referiré només a allò que interessa a la seguretat del país.

»La Michelle, la noia que resta a Sort, no sap res de l'existència de Dòsia, en primer lloc perquè la seva marxa no va coincidir amb el pas del Galileu i l'Afrodita pel congost; però encara que no fos així, tots sabem que el meu fill sap perfectament la llei del Silenci i es guardaria prou de revelar el secret sabent que quedem al país els seus pares i els pares i els germans de l'Afrodita. Ara bé, aquesta noia, davant la desaparició del seu germà Bernard i del seu amic Raimon, al qual sembla que estava lligat sentimentalment –mirada dura, guspirejant, de la Carla–, no es quedarà pas impassible, i el seu pare, un influent metge de Carcassona, encara menys. D'aquí a molt pocs dies, qui sap si demà mateix, el congost es poblarà de guàrdies civils i de personal especialitzat en salvament, que recorreran el congost pam a pam, a la recerca, segurament, dels cadàvers del Bernard, el Georges i el Raimon, els quals creuran víctimes d'accident o de picada d'escurçó.

»Tot i saber que mai no podran travessar el laberint d'entrada sense disposar del pla, no és gens tranquil·litzador de tenir tan a prop tanta gent tafanejant. Se'ns apropa, doncs, una època d'emergència, durant la qual haurem d'extremar les mesures de seguretat. És per això que goso demanar a l'assemblea la ratificació de les següents mesures cautelars, algunes de les quals, per la seva urgència, ja s'han posat en pràctica:

»1) Retorn de tots els policies exteriors que patrullaven pel congost, prohibició total de circular pel laberint a les persones que en tenien autorització i fer esborrar les petjades que hi puguin haver al seu interior.

»2) Que els policies exteriors destacats a Andorra no enviïn cap més subministrament fins a nova ordre. El país té reserves alimentàries, de peces de recanvi i de tota classe de mercaderies per resistir, si fos necessari, tot un any sense comprar res a Andorra.

»Aclareixo que aquestes dues mesures ja s'han portat a la pràctica.

»3) Baixar tots els subministraments que hi ha a l'estació superior de l'ascensor i desmantellar-ne tots els elements que no siguin absolutament imprescindibles per al seu funcionament i deixar-lo a punt per ésser desmuntat del tot, si fos necessari, en poca estona. Penso que és millor això que no pas desmuntar-lo ja ara del tot, a causa del fet que l'estació superior només és accessible des d'Andorra i, encara que és en territori espanyol, no té cap mena de lògica que la guàrdia civil investigui per aquella banda. A més, durant el període d'emergència nacional podria sorgir una necessitat urgent, penso en algun medicament rar o en alguna malaltia que requerís mitjans dels quals no disposa el nostre hospital, i aleshores, sense l'ascensor, quedaríem en l'absoluta impossibilitat de poder fer res.

»4) Exigir a tothom un estricte compliment de les normes de seguretat, la més important de les quals és que a la nit no es pugui veure cap llum des de l'aire, per la qual cosa és imprescindible que tothom tanqui bé totes les finestres quan encengui la il·luminació de l'interior de les cases. Encara que no dubto de la bona voluntat de tothom a complir-ho, per ajudar que ningú per negligència deixi de fer-ho, la patrulla nocturna imposarà una multa de cent dors a qui se n'oblidi.

»Ciutadans i ciutadanes, la desgràcia ha entrat a Dòsia i a casa meva. Tot el que he dit no és agradable de sentir ni per a vosaltres ni encara menys per a mi, que em sento poc o molt culpable de l'actual situació. És per això que, abans de procedir a la votació dels quatre punts anteriors, demano al president de l'assemblea que es voti si voleu que jo esgoti el temps del meu mandat, que expira a la primavera, o bé que deixi ara mateix el càrrec de president.

»No cal dir que si l'assemblea escollís aquesta darrera

opció, ja no seria necessari posar a votació els punts anteriors, ja que aleshores correspondria al company Aristòtil la proposta de les mesures a prendre.

Mentre l'Adrià tornava al seu banc, el president de l'assemblea va dir:

–Té la paraula el cap de l'oposició, Aristòtil Montaner.

Aquest es va aixecar d'un banc situat també a primera fila, però a l'esquerra de la mesa. Era un home no cal dir que molt alt, més jove que l'Adrià, prim, de faccions anguloses i pell morena, si entenem com a tal la que és habitual en els moros. Va parlar així:

–Ciutadanes i ciutadans: Em sap greu haver de dir, abans de tot, que només estic d'acord amb el company Adrià en un sol punt del seu discurs: quan reconeix que no ha tingut la suficient habilitat per educar el seu fill. No m'agrada parlar tan durament en uns moments que sofreix personalment els efectes de la perniciosa política que ha seguit el país els darrers anys. Però tampoc no puc callar, perquè, malauradament, no és només el seu fill que ha estat malcriat, sinó que ho han estat tots els nostres fills; tota la nostra joventut ha estat víctima de la malastruga administració del Partit Científic, el qual des de fa ja massa anys ens governa. Els joves, ho he de denunciar una vegada més, pugen en un ambient d'excessiva facilitat, de manca d'esforç, de llibertinatge i d'amoralitat creixent. La llibertat sexual que impera a Dòsia fomenta i fomentarà casos com el del Galileu, un noi ric i intel·ligent, amb un futur envejable, el qual, per culpa dels seus desitjos desordenats, ho abandona tot i posa en perill la nostra pàtria. El Galileu, en ajuntar-se, perquè no puc dir casar-se, amb una no-dosa, ha ferit precisament el punt més delicat, el que és el nostre fonament i l'única raó de l'existència de Dòsia.

»Ciutadanes i ciutadans, cal tornar a la moral estricta: les relacions sexuals han de tornar al si del matrimoni i aquest s'ha de celebrar com cal, com mana la tradició del país: dosos amb dosos –tothom riu–; bé, ja m'enteneu, vull dir dosos amb doses i no-dosos amb no-doses. Tot això, ja porto massa anys dient-ho, s'arreglaria si el país disposés, com tantes vegades he demanat, de l'assistència espiritual de dos capellans –«Una discoteca és el que ens fa falta!», em diu la Carla a cau d'orella– que instruïssin la joventut en la veritable religió. Ara, els qui ens sentim cristians estem privats dels sagraments i ens hem de limitar a escoltar la missa per la ràdio. Però no vull insistir més en aquest punt, sinó que em limitaré al que és l'objecte del debat d'avui.

»L'Adrià ha reconegut que el seu fill va fugir pel laberint. Jo em pregunto, i pregunto també a l'Adrià: ¿com ha pogut tenir el Galileu accés a un pla que només és conegut pel president del país, pel de l'assemblea, pel cap de la policia i pels membres de la policia exterior? ¿No és una vergonya, d'altra banda, que aquests darrers, uns no-dosos, tinguin accés a un secret que és amagat a tots els dosos, fins i tot al cap de l'oposició? Això a part, és evident que hi ha hagut una filtració, és a dir una negligència, i sigui qui sigui el culpable, el responsable n'és l'Adrià.

»I encara més: ¿algú de vosaltres pot creure que el Galileu hagi sortit de Dòsia amb les mans buides? Jo no. Des d'aquesta tribuna, demano formalment al tresorer que després informi l'assemblea si hi ha hagut cap substracció d'or al tresor públic.

»I, d'altra banda, ¿per què hem de creure les declaracions dels presoners en el sentit que la Michelle, que està lliure, no va tenir cap mena de contacte amb el Galileu i l'Afrodita? L'Adrià ens diu que les declaracions han estat comprovades. Però ¿han estat comprovades amb la tortura de tots, absolutament tots els presoners? És clar que els mètodes de tortura del Partit Científic són això mateix, massa científics, amb massa por de fer una esgarrinxada, i amb aquests mètodes és impossible d'arribar a saber la veritat. Des d'aquesta mateixa tribuna puc veure un dels presoners —«Això va per mi», vaig pensar esverat. «I si guanya la votació aquest animal, què ens passarà?»—. No sé si és el Bernard, el Georges o el Raimon, però el que us puc ben assegurar és que no fa pas cara d'haver passat una nit de tortura, sinó tot el contrari —tota l'assemblea es va girar, divertida, vers la Carla i jo—.

»La situació és molt més greu del que ens vol fer creure el company Adrià. L'ascensor s'ha de desmuntar del tot, perquè el país no pot exposar-se a res. Si es presenta alguna urgència mèdica que no es pot atendre i algú ha de morir, tots sabem qui en serà el responsable: el Galileu! I quant a les reserves, si s'hagués fet cas del que ja fa tant temps que demano sense que se me'n faci, de cas, és a dir, si s'hagués procedit a la diversificació de la nostra economia, creant petites indústries i una pròspera ramaderia, que podria viure només de l'herba del bosc —«Ja hi som, ja torna a sortir amb allò de volernos emplenar el país de cagarades de vaca», va comentar baixet la Carla—, ara es podria veure la situació amb més optimisme. Però no se m'ha volgut fer cas, s'ha preferit viure exclusivament de l'extracció de l'or del riu, creant una societat opulenta i gandula que ho té tot solucionat d'entrada.

»¿Què és això que una parella de nuvis, quan es volen casar, pugui disposar d'una casa completament equipada sense pagar res? I encara rai si això es reduís als dosos, però no, la nostra generositat és immensa, també els no-dosos i fins i tot els intrusos, com els tres que van arribar ahir, tenen dret a aquesta dilapidació del tresor públic! Que no se'ls mati i se'ls llenci al congost (la millor solució per al problema en què estem sumits) encara hi passo. A la meva consciència cristiana també li repugnaria aquesta manera de procedir. Però que se'ls tracti a cos de rei, hi ha molta diferència!

»¿Què és això que tothom, absolutament tothom, tingui amb càrrec al tresor un sou mínim garantit de 1.000 dors, que cobreix les necessitats vitals, i el treball només sigui premiat amb un suplement, certament substanciós, però que no evita que alguns ganduls prefereixen de viure, molt just si voleu, sense treballar, és a dir, a costa del treball dels altres? El vici neix de l'oci. Mentre el nostre país no rectifiqui aquesta política, fins que no arribi el dia en què aquell que no treballi no mengi, fins que els joves no aprenguin el valor de les coses guanyades amb esforç, aquest país no anirà bé i situacions com l'actual seran cada vegada més freqüents:

»És per tot això que el Partit Moralitzador fa les següents propostes:

»1) Votar en contra de la confiança demanada pel company Adrià Ferrer.

»2) Acceptar els punts 1 i 2 de la proposta del govern, exigint que els policies exteriors destinats a Andorra retornin al país, i si això no és acceptat i han de romandre inactius durant el període d'emergència, que se'ls disminueixi el sou en justa reciprocitat a la seva manca de prestació de serveis.

»3) Exigir que l'ascensor sigui desmuntat del tot i que no es torni a posar en funcionament fins que aquesta assemblea ho decideixi.

»4) Acceptar el punt 4 de la proposta del govern, fent constar expressament que el primer obligat a complir les normes de seguretat és el mateix govern, el qual fins ara no ha estat pas un exemple en aquest aspecte, ja que tots estem tips de veure les finestres de les seves oficines obertes de bat a bat durant la nit, escampant una forta lluminositat a l'exterior.

Mentre l'Aristòtil tornava al seu banc, el president de la mesa va tornar a donar la paraula a l'Adrià.

—Ciutadanes i ciutadans —va dir—: Els arguments del company Aristòtil, que ja estem cansats de sentir setmana rera setmana i als quals ja he contestat exhaustivament en altres ocasions, no mereixerien ni tan sols un comentari, si no fos perquè, una vegada més, en el seu vibrant discurs d'avui ha incorregut en algunes contradiccions, que estic segur que tots heu remarcat, però que tanmateix vull posar clarament en evidència.

»Company Aristòtil: ¿saps que l'experiment que viu el nostre país és immoral de dalt a baix (lamento haver-ho de recordar al portaveu d'un partit que es diu Moralitzador) i que els capellans no el podrien aprovar mai pel fet d'ésser contrari als principis de la doctrina cristiana? Com a cristians, ¿podríem impedir que els matrimonis no-dosos tinguin fills, per a la qual cosa, com sabeu, cal recórrer a vegades a l'avortament? ¿Podríem imposar la prohibició de matrimonis mixts? ¿És que potser els no-dosos no tenen ànima? Jo et demanaria que, si poguessis, deixessis de banda la cançó enfadosa d'aquest tema.

»Dius que cal desmuntar totalment l'ascensor perquè pot ésser vist des de l'aire i això és un perill per a Dòsia. D'acord. Però jo pregunto: ¿no hauria estat molt més visible la canonada de la central elèctrica que volies instal·lar a la cascada per obtenir l'energia necessària per a les teves famoses indústries petites? ¿No t'adones que la central elèctrica actual, que aprofita només el desnivell entre la base de la cinglera i el llac i que malauradament només ens proporciona l'energia justa per al consum domèstic, és un encert, ja que és absolutament invisible des de l'aire perquè queda tapada pels pins?

»Però no tot han estat contradiccions en el teu discurs. He d'avançar-me a reconèixer que hi ha un punt en el qual has fet diana. És veritat, efectivament, que van desaparèixer cinc quilos d'or del tresor públic, que molt possiblement van ésser robats pel meu fill, però també he de fer constar que, immediatament després d'assabentar-me'n, vaig abonar el seu import al tresorer, el qual, si voleu, després confirmarà el que ara dic. La meva família, doncs, no té cap deute amb el tresor.

»Per acabar, vull contestar la teva al·lusió relativa als policies exteriors destacats a Andorra. Aquest digníssim cos de funcionaris és d'una lleialtat absoluta. Puc assegurar que no van ser ells els qui van proporcionar el pla del laberint al meu fill, ja que ahir en vaig trobar a faltar un que tenia molt ben guardat, però que, no m'explico com, el meu fill va poder robar-me. La culpa, doncs, i no pas la negligència, com has dit abans, és tota meva i n'assumeixo la responsabilitat. Però tornant als policies destacats a Andorra, allí són tinguts per contrabandistes, i la seva vertadera funció és totalment desconeguda, de manera que seria molt més sospitosa la seva sobtada desaparició que no pas la seva continuïtat. D'altra banda, encara que ens sembla que als magatzems hi ha de tot, sempre podem trobar-nos que ens falta alguna cosa imprevista, i ells ens la podrien portar discretament, si els la demanem per ràdio. I això seria precisament molt més necessari encara si s'aprovés la proposta de l'Aristòtil en el sentit de desmuntar totalment l'ascensor.

L'assemblea va durar encara fins a les tres de la tarda. Amb el que he transcrit fins ara, amic lector, ja et pots fer una idea de com anava el govern de Dòsia. Passaré, doncs, per alt les successives rèpliques i contrarèpliques, les intervencions d'altres membres del govern i del principal partit de l'oposició (la Carla em va aclarir que només els partits amb més de 100 afiliats tenien dret a intervenir als debats, i en aquells moments els únics que superaven aquesta xifra eren els dos que he citat) i aniré directament al resultat de les votacions. Van ser aprovats tots els punts proposats per l'Adrià, és a dir, va ser confirmat en el seu càrrec, però també va ser aprovada la proposta de l'Aristòtil que aquella mateixa tarda de diumenge es procedís a desmantellar l'ascensor.

Vaig passar-me la tarda, magnífica, sense cap núvol, contemplant els treballs de desmantellament. Havia dinat al restaurant dels solters, després de separar-me de la Carla i de quedar citats per a aquella nit a casa meva, a les dotze, malgrat que jo sabia que en aquella hora estaria enfilant-me per la cinglera. Vaig aprofitar l'ocasió per assabentar-me de la situació exacta de la roca de Vacamorta, a 500 metres a l'esquerra de l'ascensor, entre aquest i la cascada, i també per fer una mica de teatre: vaig preguntar al director dels treballs com ho havia de fer per aconseguir una feina, ja que volia guanyar diners i no volia ser una càrrega per a aquell país que m'havia acollit tan bé. Em va dir que l'endemà m'adrecés a l'Oficina de Distribució del Treball, a la casa del govern, on amb tota seguretat obtindria una col·locació.

A dos quarts de deu del vespre l'ascensor va quedar totalment desmuntat. Només hi van deixar una corda penjada a la cinglera i una guàrdia al peu de la corda perquè ningú la utilitzés per escapar-se. Mentre s'anava fent fosc, me'n vaig anar xano-xano a sopar i a dos quarts d'onze entrava per la porta de casa meva. El Bernard encara no havia arribat. Vaig agafar un full de paper i vaig escriure una nota per a la Carla:

NO PODRÉ VENIR FINS A LA UNA. ESPERA'M
Raimon.

A tres quarts el Bernard encara no havia arribat i vaig començar a posar-me impacient. No va arribar fins a les onze menys cinc, seriós.

—Hi ha alguna contrarietat? —li vaig dir en veure la cara que feia.

—El Georges també ve.

—No diguis bestieses. No m'has dit que és a l'hospital?

—Hi era. Avui s'ha traslladat a casa seva, al 837.

—Refiant-se que tu l'atendries, oi?

—Sí.

—I després no t'has pogut aguantar i li has dit el nostre pla, oi?

—Sí.

L'hauria bufetejat.

—Imbècil! —no em vaig poder estar de dir-li.

Ell no em va contestar i em va seguir com un gosset cap a la casa 837, on vaig veure el Georges assegut al sofà amb la cama enguixada i un parell de crosses al seu abast.

—T'ho ha dit el Bernard, oi? Jo també vinc.

—Ho veig una mica difícil. És d'aquí a una hora. No crec que hi puguis arribar a temps.

—M'haureu de portar.

—Impossible!

¿Com podria lligar-lo de manera que no pogués cridar ni agafar el telèfon que tenia al seu costat?

—M'haureu de portar, si no, us delataré!

Vaig iniciar el gest de tirar-me-li al damunt, però em vaig aturar en sec en veure que havia despenjat el telèfon i havia tocat les tecles 501. Amb la mirada em va indicar que m'allunyés. Jo ho vaig fer i aleshores ell va dir per l'auricular:

—Perdoni. M'he equivocat —i va penjar.

Llavors em vaig adonar que no tenia cap més remei que carregar aquell mort si no volia tenir problemes pitjors que carretejar-lo.

—L'hauràs de portar tu, Bernard. No disposem de cap baiard i, d'altra banda, no és convenient que anem tots plegats. T'adverteixo que hi ha dos quilòmetres, fins a la roca de Vacamorta. Tens una hora justa. Ja cal que t'afanyis! Si trobeu la patrulla inventeu-vos l'excusa que vulgueu mentre no digueu res del pla que portem entre mans. Entesos?

—Entesos —va contestar el Georges.

—Però, on és la roca de Vacamorta? —va dir el Bernard.

Només faltava aquesta!

—A prop de l'estació inferior de l'ascensor, uns 500 metres a l'esquerra.

Vaig deixar-los sortir primer a ells i jo els vaig seguir un parell de minuts després, disposat a no perdre'ls de vista. M'havia oblidat de dir al Bernard que no s'acostés gaire a l'estació inferior de l'ascensor, que estava guardada, i d'altra banda no podia permetre'm el luxe de deixar que es perdessin, perquè, si bé no m'hauria fet res de deixar el Georges a Dòsia, no em podia presentar davant de la Miquèla sense el seu germà. Hi va haver moments que vaig estar temptat de reunir-m'hi per substituir el Bernard, que devia estar esgotat, però vaig saber aguantar-me'n pensant que era massa perillós i que, d'altra banda, el noi es mereixia una mica de penitència per la seva estupidesa.

Vam arribar a les envistes de la roca abans del que em pensava: eren tres quarts de dotze. Aleshores em vaig acostar al Georges i al Bernard i els vaig dir que s'esperessin amagats allí, a uns cinquanta metres de la cinglera, en previsió del pas de la patrulla nocturna, la qual, efectivament, va passar a les dotze menys deu, en direcció al riu, i va retornar en direcció contrària quan només faltaven dos minuts per a les dotze.

A les dotze en punt em vaig acostar a la roca i vaig

veure una altra silueta que em sortia a l'encontre. Era el Rama.

—Ha vingut el teu pare? —li vaig preguntar.

—Sí, però diu que vol pujar el darrer.

—Ho hem de permetre?

—És la condició que ha posat per venir. D'altra banda, així ens protegeix al Milton i a mi. Vosaltres sou els que heu de pujar primer, perquè sou els que correu més perill.

Ens va interrompre un fregadís a la roca. Era la corda.

Vaig fer senyal al Bernard perquè s'acostés i vaig ajudar-lo a lligar-se bé per la cintura. Quan ja acabàvem, vam sentir la veu del Georges que protestava. Jo vaig dir:

—Apa, Bernard, cap amunt! —I de cara al Rama—: Anem a fer callar aquell baladrer.

Mentre jo li lligava les mans darrera l'esquena, el Rama li lligà un mocador a la boca. Aleshores li vaig dir:

—Traïdor! Volies que ens descobrissin a tots perquè tu no podies pujar el primer, oi? Doncs ara seràs quasi el darrer. Només anirà darrera teu el pare de l'Afrodita, i això encara perquè necessites una persona que et lligui ben fort a la corda.

El Georges em mirava d'una manera que, si hagués estat lliure i en plenitud de les seves forces, m'hauria escanyat.

En tornar a la roca vam veure que el Bernard ja era un bon tros enlaire. Ell s'enfilava per la corda, la qual era simultàniament estirada cap amunt pels de dalt per fer l'ascensió més ràpida. A un quart d'una menys dos minuts ja tornàvem a tenir la corda al nostre costat.

—Ara et toca a tu —va dir el Rama.

Vaig arribar a dalt esgotat, malgrat que ara eren tres a tibar la corda i per tant no vaig haver de fer tant d'esforç com el Bernard. Mentre el Galileu em deslligava la corda, la Miquèla em va abraçar i besar, emocionada. Va dir:

—Ho has aconseguit, Raimon!

—Entre tots ho hem aconseguit. I encara no hem acabat.

Després em van abraçar els altres: el Salvador, el Galileu i l'Afrodita.

—Com estan el meu pare i els meus germans? —va dir ella.

—Molt bé. Ara puja el Rama i t'ho explicarà de primera mà. —I adreçant-me a tots vaig dir—: ¿Heu tingut cap entrebanc?

—D'entrebanc, cap —va dir el Galileu—. Només un fort esglai quan hem arribat al port i hem vist que hi havia dues persones desconegudes, que després han resultat ser el Salvador i la Miquèla. Jo he tingut la pistola a les mans, a punt de disparar. Sort que ells s'han donat a conèixer!

—És molt natural —va dir el Salvador—. Nosaltres sabíem que us trobaríem, però vosaltres no.

Mentre enraonàvem, anàvem estirant la corda i així el Rama va pujar en menys de deu minuts.

—Espereu a llançar la corda —va dir abans d'abraçar la seva germana—. La patrulla està a punt de tornar a passar. Quan no hi hagi perill, el Milton farà un senyal amb la llanterna.

Eren dos quarts i cinc d'una. Vam haver d'esperar impacients, en silenci, fins a la una menys cinc. A la una i dos minuts ja teníem el Milton al nostre costat. Abraçades i altra vegada corda cap avall. «La Carla –pensava jo– ja deu estar a punt de descobrir que l'he enredada.»

Ara tocava al Georges. Vam esperar un temps prudencial, perquè el pare de l'Afrodita el pogués lligar bé, i després vam posar-nos tots a estirar. Encara que érem molta colla, aquesta vegada anàvem molt més a poc a poc, ja que ell no podia ajudar-se. Quan havíem estirat ja la meitat de la corda un llum potent va il·luminar la roca i va començar a sentir-se una ràfega de trets que devia despertar tots els habitants de Dòsia.

–Ens han descobert! –vam dir.

–Aparteu-vos de la vora del cingle! –va cridar el Galileu.

Vam continuar estirant la corda sense que paressin els trets, i cinc minuts després va aparèixer el cos sangonós del Georges.

El vam deslligar i el vam estirar a terra. La Miquèla li va prendre el pols i el va escoltar.

–És mort! –va dir.

Vam quedar un moment parats, silenciosos, com si no sabéssim què fer. Les ràfegues de trets havien cessat. Llavors jo vaig dir:

–Hi ha una corda al lloc de l'ascensor. Segurament els policies pujaran per allí. S'ha d'anar a tallar de seguida!

Jo i el Galileu, que duia la pistola del Georges, hi vam anar corrent. En acostar-nos-hi, vam veure un policia ajupit arran de l'estimball, estirant la corda per ajudar a pujar un altre company seu. Sense que se n'adonés, vam llançar-nos damunt seu i el vam immobilitzar abans que pogués agafar l'arma que tenia al costat. Mentrestant, la corda s'havia descargolat de cop i havia quedat tibant. Amb el ganivet de muntanya la vaig anar tallant. Quan va cedir, es va sentir a sota un pataplaf.

—Pel cantó de l'ascensor ja no hi ha perill —vam dir, en tornar, a tota la colla.

—Ara el perill ve d'Andorra —féu el Rama—. Sens dubte deuen haver avisat per ràdio els policies exteriors que hi tenen destacats. Cal que ens n'anem de seguida.

—I el pare? —va dir el Milton.

—Si tornem a tirar la corda, no s'hi enfilarà el pare, sinó un policia. I si no fos així, encara pitjor, perquè moriria com el Georges —li va dir el Rama.

El Milton, però, no es conformava. L'Afrodita plorava, en silenci.

—No pateixis pel pare —va insistir el Rama—. Ja saps que és molt prudent. De segur que en veure el perill es deu haver retirat de l'escena. No m'estranyaria que la policia el trobés al llit quan vagin a casa nostra.

—Jo tinc el pla del laberint —va afegir el Galileu—. Si vols te'n donaré una còpia i algun dia, més endavant, pots intentar d'anar a rescatar-lo. Però jo no t'ho aconsellaria. Potser ell prefereix viure els darrers anys de la seva vida a la seva pàtria, amb la consciència tranquil·la que els seus fills són fora de perill.

Vam tapar el cos del Georges i el vam deixar allí, segurs que aquella mateixa nit seria recollit pels policies exteriors, i vam marxar de pressa cap a Andorra.

Seguíem el vessant nord, arbrat i només lleugerament inclinat, d'una valleta poc profunda que portava directament al port fronterer, no gaire llunyà. El camí que el comunicava amb l'estació superior de l'ascensor planejava pel fons de la vall, invisible a estones, i si era reduït a un petit corriol i no hi havia una veritable carretera, no era perquè el terreny no ho permetés, sinó, evidentment, per raons de seguretat.

No vam tardar pas més de mitja hora a arribar al port. Hi havia una gran esplanada que constituïa el final d'una carretera ben asfaltada que pujava fent esses des del fons d'una grandiosa vall, ja en territori andorrà. Al sud de l'esplanada es veia un camí de bosc, continuació de la carretera, que, després de seguir un bon tros per la carena, tornava a baixar cap al vessant andorrà. Ignorava i ignoro encara on porta, però les roderes recents indicaven que es tractava d'un camí fressat.

—Puja un cotxe! —va exclamar l'Afrodita.

Efectivament, un llum anava recorrent lentament les esses de la carretera que venia d'Andorra i s'estava enfilant cap on érem nosaltres.

—Tardarà encara uns quants minuts a arribar —va observar el Galileu—. Hem de buscar un lloc per a amagar-nos, no gaire lluny.

Vam poder parapetar-nos darrera un parell de grans roques situades uns cent metres al nord de l'esplanada. Així deixàvem el camí lliure per al cas que fossin contrabandistes que es dirigissin cap al sud, encara que donàvem per suposat que els qui pujaven eren policies exteriors. I, efectivament, va ser així: sis homes fortament armats van baixar del *jeep* i van desaparèixer uns instants després pel camí que porta a Dòsia. Al cotxe, sens dubte per guardar-lo, n'hi quedaven dos més.

Vam esperar més d'un quart en silenci.

Quan ens va semblar que tots sis ja s'havien allunyat força, el Galileu i el Rama es van anar acostant al cotxe, arrossegant-se per terra. En arribar-hi es van separar i, un per cada banda, van anar fins exactament a sota de les portes del davant. Des de la roca només podíem veure el Rama, perquè el cotxe l'havien deixat encarat cap a l'est, cap a Andorra.

De sobte va sentir-se un tret i una trencadissa de vidres. No sabíem qui havia disparat. Uns instants després vam veure com el Rama obria la porta del cotxe i els seus dos ocupants anaven sortint pel seu propi peu amb les mans enlaire. Després vam poder veure el Galileu que els estava apuntant amb la pistola del Georges, mentre en Rama els anava lligant de mans i peus.

Llavors vam sortir tots de darrera la roca i ens vam acostar al *jeep*. Mentre uns treien els vidres trencats, els altres vam portar els policies lligats un tros endins del camí de Dòsia, a fi de treure'ls del mig d'aquella esplanada, fins a la qual arribava a vegades la patrulla de la policia andorrana.

—S'ha acabat l'aventura —va dir el Galileu mentre empreníem la baixada ben asseguts a l'interior del *jeep*—. Ara tots a dormir a l'hotel, on us espera un llit ben tou. I que ningú es llevi abans de l'hora de dinar!

No sé si pel cansament, per la son, per la impressió de la mort del Georges o perquè encara no vèiem clar que tot s'havia acabat, vam romandre silenciosos. L'aire nocturn del port entrava gelat per la finestra sense vidres, i tots els qui veníem de Dòsia en cos de camisa ens pelàvem de fred.

Quan ja érem a mig camí de Pal vam veure, encara lluny, els llums d'un altre cotxe que pujava.

El Galileu va frenar en sec.

—Fa un moment hem deixat un trencall a la dreta

—li vaig dir—. Si poses la marxa enrera, ens hi podem desviar i esperar que aquest cotxe que puja hagi passat cap al port.

O la marxa enrera era molt lenta o el trencall era més lluny del que ens pensàvem. Semblava que no hi havíem d'arribar mai. Mentrestant l'altre cotxe s'anava acostant inexorablement cap a nosaltres. ¿Seria un altre *jeep* de policies exteriors?

Per fi el trencall es va fer visible. Vam ficar-nos per aquell camí de bosc i vam apagar els llums del cotxe. A la claror de la lluna vam continuar encara un centenar de metres endavant. Llavors vam parar-nos i vam quedar-nos tensos a les fosques, expectants.

El cotxe que pujava va fer el darrer revolt i el tram de carretera que acabàvem de deixar va quedar il·luminat. Uns instants després el cotxe passava exactament per sota d'on érem nosaltres i aleshores vam adonar-nos, pel canvi de soroll del motor, que el cotxe anava alentint la marxa. Instintivament la meva mà engrapà el mànec fred del meu ganivet de muntanya. El cotxe, en arribar al trencall, va girar i es va ficar pel camí on érem nosaltres. El Galileu va dir:

—Ajupiu-vos!

El cotxe s'anava acostant lentament pel camí de bosc. No era un *jeep*. Va passar molt lentament pel nostre costat a causa de l'estretor del camí i vam poder veure que estava ocupat per un noi i una noia. Vam començar a relaxar-nos de la tensió. Després va continuar endavant i per fi va parar-se uns dos-cents metres més enllà, va apagar els llums i tot el bosc va tornar a quedar silenciós.

—Aquests són dels de «feu l'amor i no la guerra»! —va dir el Galileu rialler, i va tornar a engegar el cotxe.

8

LA BORDA DE LES MORERES

Som a la fi de setembre. Aquest extraordinari estiu d'enguany comença a declinar. La calor és encara forta ara, a la tarda, sota els pollancres de la vora del riu, però la llum ja té una tonalitat groguenca, tardoral. D'aquí a un parell d'hores refrescarà i hauré d'entrar a escriure dins la caravana. El vell Cisquet, que em fa companyia sense dir res, tocant les seves velles melodies amb l'acordió, també se n'anirà a casa seva, on haurà de plegar l'instrument perquè els seus fills li diuen que fa mal de cap amb les seves músiques...

Fa una setmana que vaig acabar de cobrir la casa, amb l'ajuda del Salvador durant els darrers quinze dies, i des d'aleshores he dedicat el meu temps a escriure. Vaig decidir de posar-m'hi després d'haver rebut una curiosa visita... Però respectem l'ordre dels fets. La Miquèla i el Bernard havien tornat el dia previst a Carcassona. A mitjan agost jo els havia fet una visita durant un cap de setmana. Quinze dies després, un dissabte a migdia jo era dalt de l'arbre d'aquesta banda del funicular quan vaig sentir la veu de la Miquèla:

—Raimon!

Vaig girar-me i vaig mirar a terra. La imatge d'una Miquèla somrient i alegre, com la del dia que la vaig conèixer, es retallava sobre el verd de l'herbei.

—Puc pujar?

—És clar que sí.

Va enfilar-se per l'escala de corda, i quan va ser al meu costat ens vam abraçar.

—Estàs maquíssima! La platja t'ha provat. Tot va bé?

—Vols dir si algú ha reclamat el Georges?

—No volia dir només això, però és clar, sí, aquest punt m'interessa.

—Doncs estigues tranquil. Ningú no s'ha preocupat més d'ell. Anaves a la borda?

—Doncs sí. Se m'ha acabat el gas de la caravana i, com que a aquesta hora les botigues són tancades, volia anar a buscar la bombona del llum de la borda.

—Doncs anem-hi. ¿Vols dir que no hi podríem anar tots dos, en el mateix viatge?

No havia fet mai la prova de pujar-hi dues persones alhora. No veia gens clar com podia sortir l'experiment. Però la idea de tenir la Miquèla tan a frec meu em seduí.

—Saps de nedar, oi?

—És clar. Vols dir que anirem a l'aigua?

—Esperem que no.

Vam agafar l'anella amb les mans i quan vaig dir: «Va!», tots dos alhora vam treure els peus de la branca i vam quedar penjats cara a cara. El seu cos es premé contra el meu mentre l'anella emprenia una cursa molt més ràpida que les altres vegades. Però quan vam ser al mig del riu la velocitat va disminuir molt. Passàvem més a prop de l'aigua del que era habitual, perquè amb el pes de dues persones la corda feia una corba molt més accentuada. Quan només ens faltaven quatre o cinc metres per arribar, l'anella es va parar. El nostre pes feia que el tram de corda que ens faltava per recórrer quedés costa amunt en comptes de fer baixada.

—Miraré d'arribar a l'arbre per la corda —vaig dir.

Però així que vaig quedar penjat amb les mans directament de la corda, l'anella lliscà cap als meus dits i em donà un cop tan dolorós que per poc he de desenganxar-me i caic a l'aigua.

—T'has fet mal?

—No ha estat res —vaig dir, empassant-me el dolor.

Amb molta dificultat vaig anar progressant per la corda. Quan em faltaven un parell de metres per arribar, un soroll em féu girar la vista cap a l'arbre: la corda s'estava descaragolant de la branca on era fixada. L'aigua s'anà acostant als nostres peus i, abans que poguéssim dir res, ens havíem capbussat dins del riu.

—Deixa't portar pel corrent! —vaig cridar a la Miquèla quan emergí de l'aigua rient divertida—. Ens acostarem a la riba esquerra més avall. Aquí hi ha moltes arrels d'arbre submergides i ens podríem fer mal.

El corrent se'ns enduia a tota velocitat. Un centenar de metres més avall l'aigua es decantava cap a la dreta i, en canvi, la riba esquerra era poc profunda i de corrent suau. Allí vam posar el peu a terra i vam sortir del riu.

—Que emocionant ha estat! —va exclamar la Miquèla.

—Val més que no ho provis cap més vegada —li vaig contestar—. Amb la velocitat a què baixa l'aigua, si topes amb una arrel o amb una roca et pots fer mal de debò.

Seguint la vora de la Noguera per camins de pescador, vam retrocedir fins a la borda.

Al fons de l'eixida, a la banda dreta, hi ha una porta per la qual vam passar a l'estança interior, fosca malgrat la llum que entrava per la porta oberta i per l'única finestra, que dóna a l'eixida.

—M'agrada aquesta borda. És teva de veritat? —em va dir la Miquèla mentre els seus ulls recorrien la rústega llar de foc, el banc de fusta, la taula amb els estris d'escriure i el llum de butà, la postada amb els llibres...

—No, la veritat és que no tinc idea de qui pot ser-ne l'amo. Però sigui qui sigui, abans que jo l'endrecés, la tenia completament abandonada. És clar que si un dia ve a fer un tomb per aquí i la veu tal com és ara, me'n farà sortir a cops d'escombra.

—Vam passar-hi unes vetllades delicioses el juliol, recordes?

—Avui podem tornar-hi.

Vessava cordialitat, optimisme, bellesa. La roba molla, arrapada al cos, deixava al descobert l'escultural perfecció de les seves formes.

—Estic agafant fred.

—Jo també —li vaig contestar—. No podem romandre a l'ombra amb aquesta mullena que portem a sobre.

—Traguem-nos la roba i estenem-la a la barana de l'eixida. S'eixugarà en poca estona, amb aquest temps que fa.

Vaig restar fascinat, amb uns ulls oberts com unes taronges, contemplant com es treia la camisa i deixava al descobert la magnificència dels seus pits, erectes. Abans que jo reaccionés s'havia tret també els texans i, completament nua, s'adreçà a l'eixida i estengué la roba a la barana, davant els ulls atònits d'una colla de piragüistes que en aquell moment passaven pel riu, a frec de la borda.

Jo restava palplantat a la porta, admirant la Miquèla, sobre la pell bruna i daurada de la qual quedaven encara unes gotes d'aigua, com si fos rosada.

—Tu també vas ben moll. Per què no et despulles?

La situació m'inquietava. Jo admirava la Miquèla, m'agradava, l'estimava. Però, precisament per això, no sabia actuar amb la naturalitat amb què m'hauria despullat si la que m'ho hagués proposat hagués estat la Carla o l'Alfonsina.

—No s'hi val a contemplar-me, si tu no et despulles. Ara tindràs vergonya? ¿No recordes aquella nit de juliol aquí a la borda?

Vaig aprofitar per despullar-me els moments que ella anà dins la borda a buscar una manta per estirar-nos a terra. Així que ella tornà, jo ja estava penjant la meva roba a la barana. Vaig apartar-me'n ràpidament en adonar-me que un altre reguitzell de piragüistes apareixia en el meu camp visual. La Miquèla m'esguardà amb la mateixa naturalitat amb què les col·legiales es miren un nu d'un museu.

—Ets molt bru —em va fer com a únic comentari mentre m'estirava al seu costat, damunt la manta.

—Bru de fer de paleta, no de platja, com tu.

La meva mà, tremolosa, es trobà amb la seva. Els meus ulls van buscar els seus, però ella els tenia fixos en el vell fustam que aguanta el sostre de pissarra. L'ombra del pilar li cobria la cara, en la qual es llegia la felicitat i la joia de viure que emplenava la seva ànima. Al nostre voltant regnava un silenci total, només trencat pel soroll de l'aigua, tan habitual que ni el notava. L'aire estava quiet, i la lluminositat del migdia feia tornar blanquinós el blau del cel i desdibuixava la línia de l'horitzó sobre la muntanya de Baén...

Una setmana després de la inoblidable visita de la Miquèla i el Bernard (el qual s'havia limitat discretament a fer de xofer de la seva germana i només s'havia acostat a saludar-me diumenge a la tarda quan va passar a recollir la Miquèla per tornar a Carcassona), vaig rebre una altra visita, aquesta totalment inesperada.

Eren les dotze del migdia i jo i el Salvador estàvem enfeinadíssims treballant en la coberta de la casa, quan vam veure baixar pel camí de can Bastida un *jeep* que es va anar acostant a la casa, fins parar-se al nostre davant. Vaig veure que era un taxi de Llavorsí, el número del qual crec que és millor no esbombar. A més del taxista hi anaven un home i una dona que van haver d'ajupir-se molt per sortir del cotxe.

«Dosos!», vaig pensar de seguida, en veure la seva extraordinària estatura, i me'n vaig anar corrent cap a la caravana, on tenia guardada l'escopeta, davant l'estupefacció del Salvador.

Quan vaig tenir l'escopeta a les mans, vaig mirar per la finestra. Els dosos estaven pagant el taxista i els tenia una mica d'esquena, però la fesomia de l'home em semblà familiar. Portaven dues grosses maletes. Quan es van girar, el vaig reconèixer: era l'Adrià. Vaig deixar l'escopeta i vaig sortir al seu encontre.

—Què féu per aquí, Adrià?

—Mira, xiquet, jo i la meva dona també ens hem fugat de Dòsia.

—Vós? El president abandona el seu país?

—Des que vau fugir vosaltres la meva situació es va anar fent dia rera dia, assemblea rera assemblea, més difícil. D'altra banda, estem desitjosos de reunir-nos amb el nostre fill, el Galileu.

La veritat, no sabia si acabar-me'n de fiar.

—També hem de portar-los una trista notícia. El pare de l'Afrodita ha mort.

—Quan? El dia de la nostra fuga?

—Que hi era present? La patrulla el va trobar dormint com un soc a casa seva i es va quedar molt parat en saber que els seus fills havien fugit. Va dir que no en sabia res. A nosaltres això ens va estranyar molt, però vam haver de creure'l. Tu deus saber la veritat...

—La sé. Així, doncs, ¿com ha estat la mort del pare de l'Afrodita?

—Un atac d'angina de pit. Fa una setmana. Si l'ascensor no hagués estat desmuntat, l'hauríem portat de seguida a Andorra i potser encara viuria.

—Però, ¿per què no vau tornar a muntar de seguida l'ascensor, després de la nostra fuga? Dòsia ja no corria cap perill.

—L'Aristòtil diu que Dòsia és en més perill que mai, i potser no li falta raó. Tu, el Bernard, la Miquèla, podeu parlar sobre Dòsia sense que hi hagi al país cap ostatge per aplicar-li en revenja la llei del Silenci. El mateix passarà ara amb nosaltres, el Galileu i l'Afrodita, després de la nostra fugida. Dòsia està reclosa sobre ella mateixa, temorosa del que pugui passar, però em temo que més endavant, quan l'Aristòtil perdi la por...

—L'Aristòtil és ara el president?

—No em consta, però darrerament el seu predicament anava pujant, a mesura que el meu s'ensorrava. Després del descrèdit que la meva fuga haurà ocasionat al Partit Científic, no dubto que l'Aristòtil aconseguirà el poder, si és que ja no el té a les mans.

—Pobra Dòsia!

—Ja ho pots ben dir —va exclamar la dona de l'Adrià.

—T'estava dient que, quan l'Aristòtil perdi la por, pot enviar policies exteriors aquí a Sort i a Carcassona, amb la intenció de fer-vos desaparèixer.

—Seria estúpid. Sense fer desaparèixer també el Galileu i l'Afrodita no arreglaria res. I aquests, qui sap on paren!

—No ho saps, Raimon? —em va dir esverat—. He vingut a veure't amb l'esperança que podries ajudar-me a trobar el meu fill.

—Sé l'hotel d'Andorra on es va allotjar els primers dies. Però vés a saber si encara hi són.

—Ens hi podries portar ara mateix amb el teu cotxe? Et pagaré molt bé...

Ens vam mirar amb el Salvador. Potser sí que no aniria malament un descans...

—Tinc molta feina. Però l'hi portaré.

—Gràcies, xiquet.

L'Adrià va agafar una maleta i jo l'altra per portar-les al meu cotxe. Pesava tant, que quasi no la podia dur.

—Què hi porteu aquí dins, que pesa tant?

—Or.

—Doncs, voleu que us doni un consell, Adrià? No les porteu totes dues a Andorra. Si per casualitat a la duana us descobrissin l'or, us quedaríeu a la misèria.

Deixeu una maleta aquí, i un altre dia, quan ja hàgiu dipositat en un banc andorrà l'or de la primera maleta, veniu a buscar la segona.

Em va mirar recelós.

—No us fieu de mi? Aleshores tampoc no em fio de vós. Deixem-ho córrer. ¿Qui m'assegura que tot el que m'heu explicat no és mentida i que en realitat el que voleu és que us porti fins al vostre fill per fer-lo presoner amb l'ajuda dels policies exteriors que el vostre país té a Andorra?

—No deus pas pensar això de mi...?

—I vós, no us deveu pensar que vull quedar-me l'or...

—Bé, d'acord, ho farem com tu dius. Però caldrà amagar bé la maleta a la teva caravana.

—És clar.

A les dues de la tarda vam arribar davant l'hotel de Sant Julià de Lòria, sense haver tingut cap entrebanc. Els pares del Galileu portaven una documentació molt ben falsificada i a la duana ni tan sols ens havien fet parar.

Vam demanar pel Galileu i l'Afrodita.

—Van marxar el 20 d'agost —ens van contestar.

—Cap a on? —preguntà l'Adrià.

—No ho van dir.

—Però cap a França o cap a Espanya? —insistí l'Adrià.

—No sabem res. Perdonin que no els puguem informar millor.

La mare es va posar a plorar i a aquell gegantàs li va faltar ben poc.

—Vostè té molts diners —li vaig dir—. Faci posar anuncis als principals diaris de tot el món, especialment els de llengua francesa i castellana, sense oblidar els dels Països Catalans. Em va semblar que el Galileu estimava molt la nostra llengua i no seria estrany que s'hagi quedat a viure en un lloc on ell i els seus fills la puguin servar. I no m'estranyaria gens que aquest lloc fos a la vora del mar. No l'havia vist mai i tenia unes ganes boges de veure'l.

—Tens raó amb això —em va dir la mare—. És una bona pista.

Després que l'Adrià dipositès l'or en un banc i obtingués una forta suma en pessetes i francs, vam tornar cap a Sort, quasi tot el camí en silenci. Allí l'Adrià va recollir la seva maleta, la va obrir i em va donar un lingot d'un quilo d'or.

—T'he dit que et pagaria bé.

—Ja sap el que val el que em dóna?

—Sí, més d'un milió de pessetes. Però ara encara t'he de demanar un altre favor: que em portis a Sort a agafar un taxi.

—Com si vol que el porti a Iugoslàvia, Adrià.

El vaig portar davant de can Gerber i allí va agafar un taxi. Abans de separar-nos, no em vaig poder estar de preguntar-li:

—¿Com va ser que vau descobrir la nostra fuga aquella nit?

—Va ser la Carla. A la una de la nit, hora en la qual havies d'arribar a casa, segons la nota que li havies deixat, ella va trucar a la policia.

—És estrany.

—Gens. La Carla te l'havíem posada nosaltres amb la missió de vigilar-te de prop.

Vaig quedar de pedra. Tot el meu orgull de conqueridor displicent, tot allò de «m'agrada el teu físic» se n'anava per terra. Però al final em vaig sobreposar. No podia ser que una dona fingís tant. Vaig dir a l'Adrià:

—Li resto molt agraït per haver-me fet vigilar d'una manera tan agradable.

—No té importància —em va dir somrient per primera vegada en molta estona.

Es van ficar al taxi i em vaig quedar a veure'ls marxar en direcció a la Pobla, fins que van desaparèixer darrera el revolt de l'entrada del poble.

La setmana següent vam acabar de cobrir del tot la casa. Hi vam posar les banderes catalana i occitana. Molta gent de Sort em demana què és aquella bandera vermella amb una creu groga. Ja suposen que havent-hi una creu no deu ser comunista, però no ho acaben de veure clar.

Aleshores, en quedar desvagat i no tenir ganes encara de tornar a Barcelona, va ser quan vaig posar-me a relatar per escrit aquesta història. Sempre havia desitjat escriure un llibre, i ara, a més, hi havia la possibilitat d'ajudar els pares del Galileu a trobar el seu fill. És clar que el català té poca difusió, però sempre hi ha l'esperança que el llibre es tradueixi, arribi a tot el món i algun exemplar caigui a les mans del Galileu o l'Afrodita.

D'altra banda, divulgar l'existència de Dòsia no crec que tingui cap mena d'importància. Segur que ningú no em creurà.

Sort, setembre de 1980

COLUMNA JOVE

1. ORIOL VERGÉS *17 anys, primer viatge a Itàlia*
2. JOAQUIM CARBÓ *El vol del colom*
3. IRÈNE NÉMIROVSKY *El ball*
4. FRED UHLMAN *L'amic retrobat*
5. ALFRED ANDERSCH *El pare d'un assassí*
6. RAIMON ESPLUGAFREDA *Hem nedat a l'estany amb lluna plena*
7. JOAQUIM BORRELL *El bes de la nivaira*
8. AGUSTÍ ALCOBERRO *Una troca embolicada*
9. F. M. DOSTOIEVSKI *El petit heroi*
10. JOSEP FRANCESC DELGADO *Si puges al Sagarmatha*
11. LLUÍS-ANTON BAULENAS *Rampoines/451*
12. MAITE CARRANZA *La nit dels arutams*
13. GEORGES SIMENON *El boig de Bergerac*
14. JOAN PLA *La tornada del cometa Halley*
15. JESÚS BONALS *Viatge a l'interior d'un gra d'arena*
16. ORIOL VERGÉS *Vacances de pares*
17. JOAQUIM CARBÓ *L'honor de Fazel Madani*
18. MÀRIUS SERRA *Tres és massa*
19. GEORGES SIMENON *Set creus en un quadern*
20. JOAQUIM BUXÓ *Contes d'Àfrica*
21. H. P. LOVECRAFT *El cas de Charles Dexter Ward*
22. TOM SHARPE *Wilt*
23. JAUME MACIÀ *Aprenent de detectiu*
24. BROCK COLE *Celine*
25. DOLORS GARCIA *Albert*
26. FRANCESC SALES *Com un xiprer*
27. MERCÈ RODOREDA *Mirall trencat*
28. THOMAS MANN *La mort a Venècia*
29. ERNEST HEMINGWAY *El vell i la mar*
30. FRANZ KAFKA *La metamorfosi*
31. SHICHIRÔ FUKAZAWA *Narayama*

32. Woody Allen *Efectes secundaris*
33. Josep Vallverdú *Els genets de la tarda*
34. Pere Morey *El llaüt de vela negra*
35. Francesc Sales *¡És ella!*
36. Isabel-Clara Simó *Raquel*
37. Jaume Cabré *La teranyina*
38. Georges Simenon *Maigret i el lladre mandrós*
39. Jordi Llavina *Les veus de l'experiència*
40. Toni Cucarella *Cool: Fresc*
41. Joan Pla *Els enemics de «Bola de Drac»*
42. Woody Allen *Sense plomes*
43. Josep Gòrriz *Inquietud a l'aula 51*
44. Molière *El misantrop*
45. Agustí Segarra *La vall dels Forcats*
46. Joan Sales *Contes d'ahir i d'avui*
47. Jordi Sarsanedas *Contra la nit d'Oboixangó*
48. Josep Vallverdú *La caravana invisible*
49. Pere Quart *Vacances pagades*
50. Llorenç Villalonga *Bearn o la sala de les nines*
51. Margarida Aritzeta *Un rock d'estiu*
52. Woody Allen *Com ensorrar la cultura*
53. Mercè Rodoreda *La plaça del Diamant*
54. Pascal Quignard *Tots els matins del món*
55. Isabel-Clara Simó *La veïna*
56. Josep Francesc Delgado *Sota el signe de Durga*
57. Pau Joan Hernàndez *Cordada de rescat*
58. Josep Gòrriz *Complot: virus K-4*
59. Joan Rendé *El llegat del príncep de Larsa*
60. Lara Cardella *Volia dur pantalons*
61. Joaquim Carbó *Amors a primera vista*
62. Jaume Cabré *Galceran*
63. Rafael Vallbona *Pis d'estudiants*
64. Xesc Barceló *Casa de troncs a la muntanya*
65. Arthur Conan Doyle *El gos dels Baskerville*
66. Isabel-Clara Simó *Una ombra fosca...*
67. R. L. Stevenson *L'Illa del Tresor*
68. J. F. Delgado *Havies d'haver posat la Traviata*